读客

读客三个圈经典文库

经典就读三个圈　导读解读样样全

IM WESTEN NICHTS NEUES
西线无战事
[德]埃里希·玛丽亚·雷马克 著
梁锡江 译
读客三个圈经典文库
经典就读三个圈 导读解读样样全
江苏凤凰文艺出版社
JIANGSU PHOENIX LITERATURE AND ART PUBLISHING

图书在版编目（CIP）数据

西线无战事 /（德）埃里希·玛丽亚·雷马克著；梁锡江译. -- 南京：江苏凤凰文艺出版社, 2021.3（2025.11重印）
ISBN 978-7-5594-5496-6

Ⅰ. ①西… Ⅱ. ①埃… ②梁… Ⅲ. ①长篇小说－德国－现代 Ⅳ. ①I516.45

中国版本图书馆CIP数据核字(2020)第244961号

西线无战事

［德］埃里希·玛丽亚·雷马克 著　　梁锡江 译

责任编辑　丁小卉
特约编辑　李亚茹　王馨玉
装帧设计　汪　芳
责任印制　刘　巍
出版发行　江苏凤凰文艺出版社
　　　　　南京市中央路 165 号，邮编：210009
网　　址　http://www.jswenyi.com
印　　刷　三河市中晟雅豪印务有限公司
开　　本　880 毫米 ×1230 毫米　1/32
印　　张　7.75
字　　数　150 千字
版　　次　2021 年 3 月第 1 版
印　　次　2025 年 11 月第 9 次印刷
标准书号　ISBN 978-7-5594-5496-6
定　　价　48.90 元

这本书既不是指控也不是忏悔，
更不是一次冒险，
因为对于那些面对死亡的人来说，
死亡不是一次冒险。

它试图讲述这样一代人——
尽管他们逃过了炮弹，
却还是被战争摧毁了。

埃里希·玛丽亚·雷马克

1898—1970

1916年

18岁，参加第一次世界大战，多次受伤。

1917年

19岁，转移到西线战场，这段经历对他和他的创作产生了持久的影响。

1020年

31岁，发表《西线无战事》，用冷静的语言讲述前线普通士兵所经历的战争。这本书被许多评论家称为“20世纪最伟大的反战小说”。

《西线无战事》

1929年
发表后18个月内被翻译成22种语言，售出250万册。

1930年
被拍成同名电影，并获得当年奥斯卡最佳影片奖、最佳导演奖。

1933年
被纳粹党查禁并公开烧毁。

目录

01

我们躺在离前线九千米的地方，是昨天被换下来的。现在吃了一肚子的白豆烧牛肉，饱饱的，很满足。每个人甚至还领到了满满一饭盒食物当晚饭，此外还有双份的香肠和面包——可以了。这样的情形好久都没有出现了：脑袋像番茄一样的炊事员直接放饭，他晃着勺子向每个经过的人示意，然后给大家都打上满满一勺。他看起来相当绝望，因为不知道怎样才能清空装满炖牛肉的大锅。恰登和默勒搞来了几个洗脸盆，把它们装得满满的留作储备，差点儿没溢出来。恰登这么做是因为贪食，默勒则是出于谨慎。至于恰登把食物放到哪里去了，对所有人来说都是个谜。他瘦得像排骨，而且一直如此。

不过最重要的是，还有双份的烟草。每个人拿到了十支雪茄、二十根香烟和两盒嚼烟，太大方了。我用嚼烟换了卡钦斯基的香烟，这样我就有四十支了，足够一天抽的。

如此慷慨的馈赠其实本来不是给我们的，普鲁士人并没有这么豪爽，这都得归功于一次疏忽。

十四天前，我们必须上前线换防。当时我们那片还算风平浪静，因此军需官为我们换班回来的那天计划了正常分量的食物，是给一百五十人的连队准备的。但就在回来的前一天，我们意外遭遇了高强度的火力，英军的大炮和密集的碎片持续地落在我们的阵地上。我们损失惨重，回来时只剩八十人。我们晚上才扎营，大家都立刻躺下休息，就为了终于能好好睡一觉。卡钦斯基说得对，当能够多睡会儿的时候，战争也就没有那么糟糕了。在前线几乎是没时间睡觉，而每次十四天的值守也算是相当长的时间。

等我们中的第一批人从简易营房里爬出来时，已经是中午了。半个小时之后，每个人手里都抓着饭盒，到战地厨房前集中，那里正飘着油脂和营养食物的香味。排在队伍最前面的当然是最饿的：小阿尔贝特·克罗普，他是我们当中思维最清晰的，因此也是我们当中第一个成为二等兵的人。默勒·V，他现在还随身背着中学课本，梦想着有一天参加特考[1]，就连在连天火炮中也在苦读物理定理。长着络腮胡子的雷尔，尤其偏爱军官妓院的姑娘们。他向我们发誓，这些姑娘是受了部队的命令，有义务穿着丝质衬衫，并且在接待上尉以上军衔的客人之前必须洗澡。第四个就是我，保罗·博伊默。我们四个都是十九岁，参战前都在同一个班级。后面紧挨着我们站着的是我们的朋友——恰登，一个瘦弱的钳工，和我们一样大，也是整个连队最能吃的人。吃饭前还瘦瘦高高的他，吃完饭站起来的时候就像只怀孕的臭虫。海埃·韦斯特许斯，同龄人，泥煤挖掘工，他会自在地拿着一块粗面面包在手里，然后问：猜猜看，我的手里是什么。德特林，农民，整天就只想着他的农庄和妻子。最后是斯坦尼斯劳斯·卡钦斯基，我们小组的头儿。他四十岁，坚韧、聪明、机灵，灰头土

1　二战期间德国为被征召入伍的中学生或者大学生准备的、提前进行的特别考试，通常比常规的毕业考试简单，士兵们以此可以在入伍前或者入伍不久之后取得毕业证书。——译者注（若无特别说明，本书中注释均为译者注）

脸，有着蓝色的眼睛和下垂的肩膀，对炮火、美食有着无比敏锐的嗅觉并且总能找到一些轻松的战时工作。营地厨房前的队首就是我们小组了。一无所知的炊事员还在那里站着等待，我们变得不耐烦起来。终于，卡钦斯基朝他喊道："你的肉汤店可以营业了，海因里希！我们都看到了，豆子已经熟了。"

炊事员一脸困倦地摇了摇头："得等你们都到齐了。"

恰登咧嘴笑了："我们已经都到了啊。"

这位二级下士还是什么都没有察觉。"你们是齐了，还有其他人呢？"

"他们今天不需要你照顾了！战地医院和墓地也有吃的。"

炊事员得知这一真相时，顿时失了神。他踌躇着。

"我可是为一百五十个人做了饭。"

克罗普捅了他肋骨一下。"这下我们终于可以吃饱了。快点，开始吧！"

突然，恰登灵光闪现。他老鼠般的小尖脸开始发光，狡黠的眼睛眯了起来，脸颊抽搐着。他走近一步贴上前去："好小子，那你领到了一百五十个人的面包，是吗？"炊事员茫然地点了点头，心不在焉。恰登抓住了他的上衣："香肠也是？"

番茄头再一次点了点。

恰登的下颌颤抖着："香烟也是？"

"是的，都是。"

恰登神采飞扬地望了望四周。"老天哪，这就叫走运！这些现在都是我们的了！每个人都能拿到——等一下——没错，都能拿到双份！"

然而这时番茄头终于清醒过来，说道："这不可能。"

不过现在我们也反应过来了，都一拥而上。

“为什么不可以，你这个胡萝卜！”卡钦斯基问。

“为一百五十个人准备的东西不可以只发给八十个人。”

“我们就让你见识见识到底可不可以。”默勒抱怨。

“吃的可以都给你们，但是按份计数的东西我只发八十个人的。”番茄头坚持如此。

卡钦斯基发怒了。“你是打算被换掉，还是怎么样？你不是在给八十个人，而是在为二连分配给养。就这样。都拿出来，我们就是二连。”

我们都走到了这家伙跟前。其实没人受得了番茄头，好几次就是因为他，我们在战壕里很迟才拿到饭菜，而且都凉了。因为火力稍微猛一点，他就不敢把菜桶拎近一些，害得我们的取菜员比别的连队多绕了好大一个弯。一连的布尔克才是个好小伙。虽然他胖得像冬天的仓鼠，但是送饭的时候，他能一个人把菜桶拖到最前线。

我们正群情激愤。如果不是连长出现，肯定要发生点小摩擦。连长询问了争执的原因，一开始只是说：“是啊，我们昨天的损失太惨重了。”

然后他朝锅里看了看：“豆子看起来不错。”

番茄头点头表示同意。“用荤油和肉烧的。”

上尉又看了看我们，他知道我们在想些什么。而且他还知道别的一些事，他是从我们当中成长起来的，刚来连队时还只是个下士。他再一次揭开锅盖，闻了闻。走的时候，他说：“给我也来一大盘。所有按份计数的给养都发下去。我们肯定需要的。”

番茄头还是一副傻乎乎的模样，而恰登已经开始围着他跳起来。

“这对你没有坏处！他只是假装整个军需都是他的。快点吧，你个老寄生虫，别数错了。”

“真该把你吊死！”番茄头吼道。他气炸了，这样的事情超出了他的理解范围，这个世界真难懂。似乎是想表现自己的不在意，番茄头还主动给每个人多加了半磅[1]人造蜂蜜。

今天可真是不错，甚至邮件也到了，几乎每个人都收到了书信和报纸。我们现在准备溜达去营房后面的草坪。克罗普手臂底下夹着人造黄油桶的圆盖子。草坪的右侧建了一个大茅房，是个加了顶的挺牢固的建筑。不过只有那些还没有学会活用身边物品的新兵才用茅房。我们能找到更好的替代品，比如四处散落着的小箱子。这些四边形的箱子很干净，通体用木头做成，四周都封好了，还有一个无可挑剔的舒适座位，侧边有把手，方便运输。我们把三个这样的箱子围成一圈，舒服地坐了下来。不坐上两个小时，我们是不会起来的。

我还记得，当我们几个还是新兵的时候，在营房使用公共茅房时的害羞心情。没有门，二十个大男人像在火车上一样一个挨一个坐着，一览无余——因为士兵们得时刻处在看管之下。

时至今日，我们不仅克服了那样的小害羞，我们还学会了更多。渐渐地，我们对许多不同寻常的事物都已经习以为常。

在室外如厕简直是种享受。我都搞不明白，为什么当初我们对此总是敬而远之，这其实和吃吃喝喝一样自然。如果不是因为上厕所对我们而言很重要，并且这是一种全新的如厕方式，或许都不值一

1 约227克。——编者注。

提——对其他人来说，这早就是理所当然的事了。

士兵比其他任何人都要熟悉自己的胃和消化。一个士兵四分之三的词汇都源于此，不论是极度的开心还是深深的愤怒都能在此找到韵味浓烈的表达。其他任何一种方式都不可能比它还要简洁明了。如果我们回家也这么说话，家人和老师一定会大吃一惊。不过在这里，这是通用语言。

在我们看来，整个如厕过程由于被迫在公开场合进行反倒有了一丝纯洁的意味。不仅如此，它是如此不言而喻，以至于顺畅地完成它在我看来就像打牌时没有好牌需要依靠精心的布局赢得胜利一般值得重视。人们把各种各样的闲话称作“茅厕流言”不是没有道理的，厕所就是用来闲聊的角落以及服兵役时替代聚餐会友的存在。当下，我们感觉在这里比在铺着洁白瓷砖的奢华卫生间还要舒服。那里顶多比较卫生，但这里却十分美妙。

这是什么也不用想的美好时光。头顶着蓝天，地平线上挂着被照得明晃晃的黄色系留气球[1]以及高射炮留下的白烟。有时，瞄准飞机的炮弹会像一束锥形光束极速飞向高空。

从前线传来的低沉轰隆声在我们听来就像是远处的雷雨，耳边嗡嗡作响的大黄蜂都能盖过它。

在我们四周是鲜花盛放的草坪。青草纤弱的花穗摇曳不止，菜粉蝶在一旁翩翩起舞，它们飘荡在夏末轻柔温暖的微风中。我们一边读着书信和报纸，一边抽着烟。帽子被我们取下放在身旁，微风拨弄着我们的头发，也拨弄着我们的话语和思想。三个小箱子在一片亮

1　系留气球是一种依靠气囊内的浮升气体获得浮力并用缆索拴系固定的浮空器，可以在空中特定范围内实现一定高度、长时间的驻留，可用于侦察、预警。

眼的红色虞美人中间——我们把人造黄油桶的盖子放在膝上，这样玩纸牌就方便了，克罗普随身带着牌。每打完一局零和纸牌[1]就插入一局改良拉姆仕玩法[2]。我们能一直这么坐下去。

从营房那儿传来一阵手风琴的声音。有时我们会放下手里的牌，张望一下。接着有人说道："孩子，是孩子。"或者，"差点儿出错了"。在这个瞬间，大家沉默了，内心升起一种强烈又压抑的情感，每个人都能感受到它，不需要过多的言语。我们今天差一点就不能坐在小箱子上了，当时的情况可真是千钧一发。也正因为如此，一切才显得格外新鲜、强烈——红色的罂粟、好吃的食物、香烟以及夏日的风。

克罗普问道："你们中有谁又见过克梅里希吗？"

"他正躺在圣约瑟夫呢。"我应声。

"克梅里希的大腿被打穿了，可以名正言顺地回家了。"默勒补充道。

我们决定下午去看看他。

克罗普掏出一封信来："坎托雷克让我问候大家。"

我们都笑了。默勒扔掉烟头："我希望他此刻就在这里。"

坎托雷克是我们的班主任，矮小严厉，穿着灰色的燕尾服，长着一张尖尖的老鼠脸，身材和绰号叫"克洛斯特堡的噩梦"的希默尔施

1　纸牌的一种玩法，玩家在首次吃牌之后必须公开自己的牌。

2　纸牌的一种玩法，传统拉姆仕玩法的非官方变体。游戏的目标是尽可能少地吃牌得分，得分最高的玩家输掉游戏，从总分中扣除相应得分。

托斯下士差不多。世上的不幸经常是由身材矮小之人造成的，这一点着实令人惊奇，他们比身形高大的人还要精力充沛、不好相处。我一直小心谨慎地避免落到小个子连长的分队里，他们大多是些该死的盘剥者。坎托雷克在体操课上给我们做了长长的演讲，直到我们班在他的指挥下统一去地区指挥部报名参军。我至今都记得他是如何透过眼镜片用灼灼的目光盯着我们并且用激动的声音发问："同志们，你们会一起去的吧？"

这些教育者经常在背心小口袋里准备好自己的感情，每隔几小时就掏出来一些。不过那时的我们没有考虑这么多。我们中的一个有些犹豫，不太想去，就是约瑟夫·贝姆，一个和善的胖小伙儿。不过后来他还是被说服了，否则他会让自己声名扫地。也许那时不少人都和他有一样的想法，然而没有人能够真正地置身事外，因为在那个时候就连父母都会对这样的行为脱口说出"胆小鬼"。而所有人都不清楚接下来要面对的是什么。其实贫穷的普通人才是最清醒的，他们立刻把战争看作灾难，而那些处境稍微好一点的人还在兴奋得不知所措，虽然他们才应该是早一点意识到后果的人。卡钦斯基宣称，是教育让这些人变成这样，教育让人愚蠢。卡特[1]说话都是经过思考的。

出人意料的是，贝姆是最早牺牲的士兵中的一个。他在冲锋时被射中了眼睛，我们以为躺在地上的他已经死了。由于必须急速赶回阵地，我们没法儿把他带回来。到了下午，我们突然听到贝姆在叫，原来他当时只是昏了过去。由于眼睛看不到，疼痛又让他狂躁，贝姆没有利用掩体。结果在大家设法接近把他带回来之前，贝姆就被对

1　卡钦斯基的昵称。

面的敌军打死了。

人们当然不能把这件事与坎托雷克联系在一起——如果人们想说这是他的罪过，那么世界也无法运转了。像坎托雷克这样的人有成千上万，他们深信用了最适合自己的方式尽到了最大的努力。而在我们看来，他们的失败也正因于此。他们原本应当是我们通向成人世界的介绍者与引路人，引导我们通向工作、义务、文化、进步的世界，通向未来。虽然我们有时会嘲笑他们，用些小恶作剧捉弄他们，但在本质上我们是信任他们的。在我们的思维中，他们是权威的象征，代表着更高的理智与更人道的知识。然而，我们亲眼见到的第一个牺牲者粉碎了这种信念。我们不得不认识到，我们这个年纪的人比他们要诚实得多，他们只是在说空话和耍机灵方面领先于我们。首战的炮火揭露了我们的错误，他们传授给我们的世界观也在炮火之下崩塌了。

他们继续在写、在说的时候，我们看到的是战地医院和死人——他们把为国家服务称作最伟大的事情的时候，我们已经明了，对死亡的恐惧比伟大还要强烈。我们不会因此就变成叛徒、逃兵和胆小鬼——他们总是如此轻易地说出这些词，我们和他们一样热爱自己的家乡，我们在每次进攻时都勇敢向前——但是，我们现在有了分辨的能力，我们学会了用自己的眼睛看。我们看到，他们的世界荡然无存，我们在突然之间就孤立无援——而我们必须独自克服这一切。

在动身去看克梅里希之前，我们把他的东西都收拾好了，他在路上的时候应该要用到这些。战地医院里一派繁忙景象，闻起来始终都是煤焦油、脓和汗水的味道。出身兵营的人可以适应很多事物，但这里真的让人不舒服。我们问了一路才找到克梅里希。他在一间大厅里躺着，用混合着高兴与无助不安的虚弱表情迎接了我们。他在战场失去意识的时候，有人偷走了他的手表。默勒摇了摇头："我一直和你说，不能随身带这么好的表。"默勒有点笨拙和自以为是，不然他不会开口，因为大家都看出来，克梅里希再也不能走出这间大厅了。他还能不能找回自己的手表已经无所谓了，人们最多会把表寄回他家。

"感觉怎么样，弗朗茨？"克罗普问道。

克梅里希垂下了脑袋。"还行——就是脚疼得厉害。"

我们看向他的床罩。他的一条腿在一只铁丝筐下面，厚厚的被子在筐上裹成了拱形。我踢了踢默勒的小腿，因为他差点儿就准备将医生在外面和我们说的话告诉克梅里希：克梅里希已经没有脚了，他的一条腿被截肢了。

克梅里希气色极差，蜡黄又苍白，脸上已经长了之前没有的皱纹。我们很熟悉这种皱纹，因为我们已经见过无数次了。这其实不能算是皱纹，更多的是一种信号。皮肤下面已经没有生命在跳动了，活力已经被赶到身体的外缘，死亡正从体内贯穿到体外，眼睛早已被它占领。我们的伙伴克梅里希就躺在那里。不久之前，他还和我们一起烤马肉，在弹坑里闲坐——他仍是那个克梅里希，他又不再是那个克梅里希了。他的形象开始扭曲、模糊，像是一张底片上拍了两张照片。就连声音也听起来像是灰烬一般。我回想起当时出发的场景。克梅里希的母亲，一位胖胖的善良女性，将他送到了火车站。母亲不停地哭，她的脸都因此变得浮肿。克梅里希则显得很不好意思，因为自己的母亲是所有人当中最不能自已的，她都要哭脱了形。克梅里希的母亲边哭边注意到了我，她一再抓着我的手臂请求我在外面照顾照顾弗朗茨。克梅里希还长着一张娃娃脸，骨头脆弱，背了四个星期的书包就得了扁平足。但是战场上如何照顾得到别人！“你很快就能回家了。”克罗普说，“不过还得等上三四个月才能去度假。”

克梅里希点了点头。我看不太清他的手，他的手像蜡一样，指甲下面还有战壕里的污垢，蓝黑色的，像毒。我想到，克梅里希停止呼吸之后，这些指甲仍将继续生长，能长很长时间，变成幽灵般的地下植物。我的眼前浮现出这样一幅画面：指甲弯曲在一起变成了酒瓶起子，它们长啊长，长啊长。同它们一起长的还有裂开的头颅上的头发，像是肥沃土地上的野草，和野草一模一样，这怎么可能呢？

默勒弯下腰：“我们把你的东西带来了，弗朗茨[1]。”

克梅里希用手示意了一下，“放在床下面吧。”默勒照做了。克梅里希又开始谈起那块手表，我们怎么才能在不让他起疑的情况下安慰他呀！

默勒拎着一双飞行靴直起身子，一双用柔软黄色皮革制成、品质极好的英国靴，长达膝盖，有绑带，是件人人都想要的物品。默勒一看到它就喜欢得不得了，他托着鞋底和自己粗陋的鞋子比了比，问道：“弗朗茨，这双靴子你打算带回家吗？”

我们三人想到了一处：就算克梅里希恢复健康，他也只能穿上一只鞋，这双靴子对他而言已经没有价值了。这双鞋摆在这里只会令人惋惜——因为医生肯定会在克梅里希死掉之后立马顺走它。默勒重复道：“你不想把鞋留在这儿吗？”克梅里希不想把它留下来，这是他最好的东西了。“我们可以用别的东西跟它换。”默勒又建议道，

1 即克梅里希。克梅里希全名为弗朗茨·克梅里希。——编者注

“这里的人需要这样的鞋子。”但是克梅里希没有被打动。我踢了踢默勒的脚。他犹疑地把这双精美的靴子放回了床下。我们又随便聊了聊，接着就告别了。

“好好的，弗朗茨。”

我向他保证明天再来。默勒也这么说，他还想着那双系带靴子，因此要来这里守着。

克梅里希开始呻吟，他发烧了。我们在外面拦住一位医生，劝说他给克梅里希打一针。

医生拒绝了。“如果我们给每个人都打一针吗啡，那么得有满满的几桶才够。”

“看来你只会为军官们服务。”克罗普愤恨地说。我很快行动起来，先给那位医生递了支烟。他收下了。然后我问道：“你有权给人打针吗？”

他感觉受到了侮辱。“如果你们不相信的话，干吗还要问我？”

我又往他手中塞了几支烟。“帮我们个忙吧。”

“唉，好吧。”他回答。克罗普和医生一起走了进去，他不信任医生，想要在一旁看着。我们在外面等。

默勒又说起那双靴子。“它配我简直完美。穿着现在的拖鞋，我的脚都跑出水疱了。你觉得，克梅里希能坚持到我们明天换岗之后吗？如果他晚上就走了，那我们看到的那双靴子……”

阿尔贝特回来了。“你们认为……”他接着发问。

“完了。”默勒最后说道。

我们回到了营房。想到明天要给克梅里希母亲写的那封信，我顿觉手脚冰冷。我想喝杯烈酒。默勒拔了几根草放在嘴里嚼。突然，矮个子克罗普把香烟扔到地上疯狂地踩，他向四周张望，神情张皇失措，怅然若失。他结结巴巴地骂道："该死的，这些该死的事情。"

我们继续走了很长时间。克罗普平静下来了。这种情况我们熟悉，这是前线暴怒，每个人都经历过。默勒问他："坎托雷克究竟给你写了什么？"

克罗普笑了："我们是铁一般的少年。"我们三个都气笑了。克罗普开始咒骂起来。他很高兴自己还能说话。——是啊，他们原来这么想，这么认为，这群成百上千的坎托雷克！铁一般的少年，少年！我们一个个都还没超过二十岁。但还年轻吗？少年？那已经是很久以前的事了。

我们已经老了。

02

想到家中的抽屉里躺着一本刚开始读的戏剧《扫罗王》和一沓诗歌，我感觉十分古怪。我的夜晚曾经是读着戏剧和诗歌度过的，我们几乎每个人都干过类似的事情。但这一切对我而言变得如此不真实，以至于我已经无法真正想象出那样的画面。自从来到战场，先前的生活在我们什么也没有做的情况下就被割断了。有时我们试图勾画一幅概貌或者为此找到一种解释，都没太成功。恰恰是对我们二十岁的人而言，一切显得尤其未知未定。对克罗普、默勒、雷尔，还有我，对我们这群被坎托雷克称为“铁一般的少年”的人而言。比我们年长一些的人已经与过往牢牢地拴在了一起，他们有自己的根基，有妻子、孩子、工作和爱好。这些事物是如此牢固有力，就算是战争也不能把它们扯断。而我们这群二十岁的人只有父母，有人还有一个心爱的姑娘。这不算多——因为父母的力量在我们这个年纪是最弱的时候，而姑娘们还没有占据我们的生活。除了这些，我们身边就没有许多其他的事物了：一些空想、几段恋情，还有学业。我们的生活还没有走得那么远，而已经拥有的又所剩无几。

坎托雷克可能会说，我们正站在生活的门槛前。情况确实类似。

我们还没有扎根下来，战争就把我们冲走了。对其他人来说，对那些年长一些的人来说，战争代表生活的中断，他们可以抛开战争继续思考。而我们则是被战争击中，不知道结局会是怎样。我们暂时确定的事情是，我们以一种奇特而又哀伤的方式变成了野蛮人，虽然我们不再时常感到悲伤。

虽然默勒一直惦记着克梅里希的靴子，但他的同情心并不比那些因为悲痛而根本不敢这么想的人少。他只是就事论事。但凡这双靴子对克梅里希还有一丁点儿用处，默勒宁可光着脚穿越铁丝网，也不会费尽脑汁地思索怎么得到它。可是，眼下的克梅里希已经完全用不着这双靴子了，而默勒则很需要它。不论最后这双靴子给了谁，克梅里希都不会活着了。所以为什么默勒不能盯着靴子不放呢？他可比医生更值得拥有它！如果等克梅里希死掉再考虑，那就太迟了。所以默勒现在就得留心此事。对于那些人为建立的关联，我们已辨别不清。只有事实才是真理，对我们才重要。事实就是，好的靴子很难得。

以前可不是这样的。去地区指挥部报到时，我们二十个年轻人还在一个班级。踏上练兵场前，我们兴奋地一起去理发店刮胡子，有人还是第一次。我们对未来没有什么具体的规划，只有极少数人对事业和工作进行过深思熟虑，能够就此确定自己的生活方式。相反，我们脑子里全是些不确定的想法，这些想法美化甚至浪漫化了生活以及我们眼中的战争。

我们接受了十个星期的军事训练。这段时间对我们的改造比上十年学还要关键。我们学到了，一颗擦得干干净净的扣子比四册叔本华重要。从一开始的震惊到气愤，再到最终的无所谓，我们领悟到，起决定性作用的似乎不是精神，而是衣服刷子；不是思想，而是制度；不是自由，而是操练。我们带着激动的心情与良好的意愿成为士兵，而人们却竭尽所能地让我们放弃这种思想。三个星期过后，我们已不难理解，一个穿着镶边制服的邮差对我们发号施令的权力比以往我们的父母、老师、从柏拉图到歌德代表的全部文化都要大。我们用自己稚嫩清醒的眼睛看到，老师教授的传统祖国概念在这里暂且变成了对个性的放弃，就算是对最下等的仆人，人们也不会苛求他们这么做啊。敬礼、立正、分列前进、举枪致敬、向右转、向左转、脚后跟碰脚后跟、辱骂以及无止境的刁难：我们对任务的设想完全不是这样。我们发现，为了准备好当英雄，我们得像是马戏团的马一样被对待。不过，我们很快就适应了。我们甚至可以理解，部分事情是必要的，而另一部分则是多余的。士兵在这方面的判断一向很准。

我们班被分到了不同的内勤班，三人一组或四人一组，一起参与分班的还有弗里斯兰[1]的渔夫、农民、工人和手工业者，我们很快和他们成了朋友。克罗普、默勒、克梅里希和我被分到了下士希默尔施

1　现今荷兰以及德国靠近北海南部地区的一族人，属于日耳曼人。

托斯带领的九班。

希默尔施托斯是整个营地最严厉的虐待狂，他还以此为傲。他是个敦实的小个子，服役十二年了，蓄着卷起来的红胡子，当兵前是个邮差。他尤其喜欢针对克罗普、恰登、韦斯特许斯和我，因为他感觉到了我们无声的反抗。

我曾在某个早晨替他组装了十四次床。他总是能挑出些毛病，再把床拆散。我曾在一次长达二十个钟头的工作中——当然还是有休息的——为一双极其老旧、石头般坚硬的靴子上油，直到它变得像黄油一样柔软，就连希默尔施托斯也无从指摘。我曾被他下令用一把牙刷把内勤班的屋子擦干净。克罗普和我还领到过用洗手的刷子和铁锹把营地的雪清扫干净的任务。如果不是一位少尉碰巧出现，我们差一点就要坚持到被冻死的地步。少尉让我们回去了并把希默尔施托斯结实地臭骂了一顿，可惜最终的结果就是，希默尔施托斯更加讨厌我们了。连续四个星期，我都得周日站岗。又连续四个星期，内务都归我做。我曾背着全副战斗装备在犁过的松软湿地上不停练习“卧倒”“起立，前进，前进”，直到变成一坨泥块的我体力不支倒地。四个小时之后，我向希默尔施托斯展示了收拾得锃亮的步枪，而我的手早已擦出了血。凛冽的霜冻天气，我和克罗普、韦斯特许斯、恰登在没有手套的情况下练习了一刻钟的立正，光秃秃的手指握着冰冷的枪管。希默尔施托斯不怀好意地在一旁踱步，等着哪怕丝毫的晃动出现好判我们违规。我曾在凌晨两点穿着衬衫从营房的顶楼跑到院子里跑了八趟，因为我的内裤超出了大家堆放物品的矮凳边缘几厘米。跑在我旁边的是当值的下士希默尔施托斯，他踢到了我的脚趾。格斗训练时，我总是和希默尔施托斯对决。我举着重重的铁架，他拿着轻便的木枪，轻而易举就能把我的手臂打得青一块紫一块。不过有一次我实在怒不可遏，冒失地突袭了他，给他的腹部来了狠狠的一击，致使他跌倒在地。他正想发作时，连长嘲笑了他并说他应当多加注意才是。连长十分了解希默尔施托斯，对他摔了一个屁股蹲儿似乎挺享受——我成长为一个能完美攀爬到窄柜上的人——久而久之，还成了深蹲方面的大师。哪怕只是听到希默尔施托斯的声音，我们都会颤抖。不过，这匹送信的老马没能使我们屈服。

某个周日，克罗普和我正例行挑着粪桶穿过兵营的院子，打扮得清爽漂亮的希默尔施托斯恰巧经过，准备出门。他在我们面前停下，问道："感觉这份工作怎么样？"我俩假装踉跄了一下，粪桶朝希默尔施托斯的腿上倒去。他立马咆哮起来，但我们也着实受够了。

"我要监禁你们！"他吼道。

克罗普忍不住说道："先得有个审查，我们会把一切都说出来的。"

"你就这样和一个下士说话！"希默尔施托斯大声呵斥起来，"你疯了吗？我问你，你才能开口！你要做什么？"

"把下士先生的一切都说出来！"克罗普回答，手指贴着裤缝。

希默尔施托斯这时才反应过来刚刚发生了什么，他一言不发地走了。虽然他在消失之前再一次怒喝道："你们给我等着！"但他的威慑力已经到此为止了。他又一次让我们在耕过的田里"卧倒""起立，前进，前进"。虽然我们都照做了，因为命令就是命令，必须执行，但是我们做得非常慢，希默尔施托斯不禁陷入绝望。

我们从容不迫地跪下，趴下身子，慢吞吞地完成接下来的动作。其间，希默尔施托斯早已怒不可遏地下达了别的命令。我们还没流汗，他先燥热起来。在那之后，他就不管我们了。虽然他还是叫我们"猪猡"，但称呼里带了尊重。也有不少正直的下士比希默尔施托斯理智，甚至正直的下士要占多数。不过，每个人都想尽可能地保住自己在家乡的好职位，而这只能通过严格训练新兵才能办到。几乎所有的练兵场操练我们都得参加。我们常常气得大吼大叫，有些人还因此得病了。沃尔夫甚至得了肺炎死掉了。但是如果我们屈服了，那我们自己都觉得自己可笑。我们变得坚强、多疑、丧失同情心、好复仇、粗鲁——挺好的，因为这正是我们缺少的品质。如果没有接受这样的训练就被送到战壕，估计我们中的大多数都要疯掉。我们就这样为接下来要面对的事情做好了准备。我们不会崩溃，我们会调整自己。过去的二十年虽然在某些方面让我们过得艰难，但也为我们提供了帮助。最重要的是，一种坚定、具体的团结精神在我们心中苏醒。在战场上，这种情感升华为战争能带来的最棒的东西：战友情！

我坐在克梅里希的床边。他越来越虚弱了。我们周围乱哄哄的。军医院的火车到了，他们在找可以运输的伤员。医生从克梅里希的床边走过，看都没看他一眼。

“下次吧，弗朗茨。”我说。

他把手肘撑在枕头上支起了身子：“他们把我的腿截掉了。”

他现在还是知道了啊。我点点头，说道：“开心点，你这样不错了。”

克梅里希一言不发。

我继续说道：“万一两条腿都没了呢，弗朗茨。韦格勒的右臂没了，那可更糟。而且你马上就能回家了。”

克梅里希望着我：“你这么认为？”

“当然。”

他再一次问道：“你真这么想？”

“肯定的，弗朗茨。你只需要先从手术中恢复过来就行。”

克梅里希示意我靠近点。我俯下身来，他在我耳边低语：“我不相信。”

“别说傻话，弗朗茨。几天后你自己看吧。没什么大不了，一条腿截肢了而已，会安装上别的东西的。”

克梅里希举起了一只手：“你看看，我的手指。”

“那是手术造成的，多吃点就好了。你们伙食还行吗？”

克梅里希指了指一只碗，碗里还剩一半的食物。我有点恼怒：“弗朗茨，你得多吃，吃才是最主要的。这里还是挺不错的。”

克梅里希拒绝了。休息了一会儿后，他慢慢地说道：“我曾经想当一名林区管理员。”

“你现在也可以啊。”我安慰他，“现在的假肢做得很棒，装上后你根本意识不到身体少了一块，它们直接连着肌肉。手部假肢的手指还可以活动，人们能用它工作，甚至写字。而且，人们会发明越来越多的假肢。”

克梅里希静静地躺了一会儿后说道：“你把我的系带靴子带给默勒吧。”我点了点头，思索自己还能说些什么鼓励他的话。他的嘴唇歪了，嘴巴变大了。牙齿前突，好像粉笔质地。肌肉萎缩，额头凸得更厉害了，颧骨突起，浑身骨骼在朝外挤，眼眶凹陷。几个小时后就是大限了。

克梅里希不是我见过的第一例，但我们一起长大，感觉自然不一样。我抄过他的作业。上学时，他时常穿一件有腰带的棕色西装，手臂那里都磨秃了。他还是我们当中唯一能做单杠大回环的人。每到那时，头发就像丝绸一般拂过他的脸庞。坎托雷克因此很以克梅里希为骄傲。不过他抽不了烟，皮肤十分白皙，有些像个姑娘。

我看了看自己的靴子，大而笨重，里面塞着裤腿。早上起床穿上这双粗管似的靴子，我们会显得健壮有力。但洗澡脱衣服之后，我们的大腿和肩膀就突然变瘦弱了。那时的我们不再是士兵，差不多是小伙子了。人们都不会相信我们能拖动行军包。一丝不挂的片刻很特别，那时我们变回了平民，我们自己感觉也是如此。

弗朗茨·克梅里希在洗澡时看着又小又瘦，像个孩子。现在他躺在那里，为什么呢？人们应该把全世界的人都招来床前：这是弗朗茨·克梅里希，十九岁。他不想死，别让他死！我的思想混乱了。空气中的煤焦油和燃烧的气味充斥着肺部，像浓稠的粥，让人窒息。

天色渐暗。克梅里希的脸越发惨淡，从枕头中微微抬起。太苍白了，仿佛闪着微光。他的嘴轻微翕动，我俯下身来。他耳语道：“如果你们找到我的手表，就把它寄回家吧。”我没有应声，已经没有意义了，没法说服他。我无助到失去力气。太阳穴凹陷的额头，只剩下牙齿的嘴巴，尖尖的鼻子！还有在家哭泣的胖妇人。我还得给她写信，如果我已经把信寄出去就好了！军医院的助手们拎着各种瓶子和桶四处走动。其中一个走上前来，探究地看了看克梅里希又走了。看得出来，他正等着，或许他需要这张床。我凑近弗朗茨说了一些话，似乎这能救他：“弗朗茨，你也许会去克洛斯特堡的疗养院，就在别墅之间。透过窗户，田野一览无余，一直能看到天边的两棵树。现在正是最美的时候。庄稼成熟，田野在晚霞的映照下看起来就像珍珠贝。还有克洛斯特溪边的杨树大道，我们还在那里捉过棘鱼！你又可以弄个水族箱养鱼了。你可以出去玩，不用再征询别人的同意。只要你想，你甚至还可以弹钢琴。”我俯身看向那张阴影中的脸。克梅里希还在呼吸，轻轻地，脸却湿了，他在哭。我一通胡说，干了什么好事啊！

“不过弗朗茨，”我搂住他的肩膀，脸贴着脸，“你现在要睡了吗？”他没有回答，泪水顺着脸颊流了下来。我想擦去它们，但我的手帕太脏了。

一个小时过去了。我紧张地坐着，仔细观察着克梅里希的每一个表情，看他是不是还有什么要说的。他张开嘴，喊几声也好啊！但他只是不停地哭，头侧向一边。他没有说到自己的妈妈，没有说到兄弟姐妹。他什么都没说，这一切都已经过去了。现在的他孤零零一个人面对着短短的十九岁人生。他哭，是因为这段人生也要离他而去。

这是我见过的最手足无措、最沉重的道别，虽然蒂德延那时的局面也很糟糕。蒂德延这么一个熊一样健壮的汉子哭喊着自己的母亲，瞪大双眼，惊恐地用佩刀阻止医生靠近床前，直到最后瘫软倒地。

突然，克梅里希开始呻吟，喉部发出呼噜呼噜的声音。我跳起来，跌跌撞撞地跑出去问：“医生在哪儿？医生在哪儿？”

我看到了一件白大褂，急忙紧紧地抓住他：“您快点跟上，不然弗朗茨·克梅里希就要死了。”

他甩开我，向旁边站着的一位医院助手问道：“这是什么意思？”

助手回答：“26 床，大腿截肢的那个。”医生气得骂起来：“我怎么知道怎么回事，我今天早上已经锯了五条腿了。”医生推开我，对助手说：“你跟着去看看。”接着就冲向了手术室。

现在只能和卫生员一道了。我气得直发抖。这个男人看着我，说：“一个手术接着一个手术，每天早上五点开始——真棒，我跟你说。今天一天已经走了十六个了，你的是第十七个。二十肯定少不了。”

我感到无力。突然我继续不下去了。我也不想开口骂人了，没有意义。我只想倒下去，再也不要起来。

我们到了克梅里希的床边，他已经死了。因为流泪的缘故，脸还是湿的。眼睛半睁，黄黄的，如同老旧的牛角扣。卫生员捅了捅我的肋骨。

“你把他的东西带走？”

我点点头。

他继续说道：“我们必须马上把他弄走。我们需要这张床。外面的伤员已经躺到走廊上了。”

我收拾好东西，摘下克梅里希的名签。卫生员问士兵证在哪儿，这里没有。我说，肯定在办公室，然后就走了。在我身后，他们已经把弗朗茨拽到了一块帐篷布上。

我感觉门前的黑暗和风拯救了我。我尽己所能地用力呼吸，脸上的风让我感到前所未有的温暖、柔和。突然，有关姑娘、开花的草坪、白色的云朵的思绪闪过我的脑海。靴子里的脚朝前动起来，我加快了脚步，我跑起来了。士兵们走过我的身边，他们的谈话让我激动，虽然我并没有听懂内容。大地被一股力量渗透，它们穿过我的脚底涌进我的身体。夜晚如电流般噼啪作响，前线如雷雨般发出沉闷的响声，好像打鼓音乐会似的。我的四肢矫健地摆动着，我感觉我的关节很强壮，我哼哧哼哧地喘息着。夜晚活着，我也活着。我感到一阵饥饿，这种感觉比来自胃的饥饿感还要强烈。默勒站在营房前等着我。我把靴子递给了他，然后一起走了进去。他试了试靴子，正好合脚。他翻了翻自己的存货，给了我一块美味的干腊肠，此外还有热茶和朗姆酒。

03

补充人员到了，空出的位置被填上，营房的草席很快被占满。部分是老兵，还有二十五位年轻人是从战地新兵预备役分配过来的。他们甚至比我们还要小一岁。克罗普捣了捣我：“看到这些孩子了吗？”

我点点头。我们有些自鸣得意，在院子里刮着胡子，把手插在裤兜里，打量着这些新兵，感觉自己就像年迈的军官。

卡钦斯基也加入了进来。我们漫步穿过马厩，来到刚领了防毒面具和咖啡的新兵面前。卡特向最年轻的一个新兵发问道：“你们很久都没吃到像样的东西了吧，是不是？”

新兵皱起了脸。“早上芜菁[1]面包，中午芜菁烩菜，晚上芜菁肉排和芜菁沙拉。”

卡钦斯基行家似的吹起了口哨。“芜菁做的面包？那你们已经够幸运的了，他们还用锯末做过面包呢。话说，你觉得白豆怎么样，你想来一勺吗？”

1　十字花科草本植物，块根肉质可食，叶也可食。

年轻的新兵脸红了。“您不必戏耍我。”卡钦斯基没有回话，只是说：“拿上你的饭盒。”

我们好奇地跟了上去。他把我们带到他的草席边的一个桶旁。里面果真有半桶白豆烩牛肉。卡钦斯基像个将军似的站在桶前，说：“眼睛睁大，手指伸长！这是普鲁士人的口号。”

我们都震惊了。我问道：“我的天，卡特，你怎么搞来的？”

“我把这锅拿走的时候，那老番茄还挺高兴的。我出了三块降落伞绸子呢。喏，冷了的白豆吃起来无可挑剔。”

卡钦斯基大方地给新兵盛了一份，说道：“要是你下次再带着饭盒过来，你的左手得拿着一根雪茄或者一块嚼烟。懂了？”

然后他又转向我们：“你们就不用了。”

卡钦斯基是个不可或缺的人，因为他有着极强的第六感。这种人到处都有，不过没人一开始就能看出来。每个连队都有一到两个这样的人，卡钦斯基是我见过最精明的一个。我觉得他的职业是鞋匠，不过这也没什么，他什么手艺都懂。和他交上朋友是件好事。克罗普和我是他的朋友，海埃·韦斯特许斯也差不多算是。不过韦斯特许斯更像是一个执行机器，因为碰到需要用拳头解决的事情时，他就会按照卡特的命令行事。韦斯特许斯在这方面有优势。

例如有天晚上我们到了一个完全不熟悉的地方。一个凄惨的偏僻小地方，一眼就能看出已经被搜刮得只剩下些残垣断壁。宿营地就是一个临时搭建的幽暗小工厂，里面有床，确切地说是床架子，还有些绷上了铁丝网的木板。铁丝网很硬，可以垫在上面的褥子也没有，我们自己的被褥得用来盖在身上，只盖帐篷布太薄了。

卡特看了看这些东西，然后对海埃·韦斯特许斯说：“跟我来一下。”他们出去了，在这么个完全不熟悉的地方。半个小时之后他们回来了，手里捧着高高的草垛。卡特找到了一个马厩，所以有了稻草。如果不是肚子饿得咕咕叫，我们现在就可以睡个暖和觉了。

克罗普向一个在这里已经待了一段时间的炮兵问道：“这里哪儿有餐厅吗？”炮兵笑了：“想都别想！这里什么也找不到，连片面包皮也没有。”“这里一个居民也没了吗？”炮兵吐了口唾沫。“有，还有几个。不过他们自己都在到处找吃的，四处乞讨。”这可不妙。我们得勒紧裤腰带，等明天粮草到达。不过我看到卡特戴起了帽子。我问：“你去哪儿，卡特？”

“去转转。”他溜达了出去。炮兵冷笑出来：“去转吧！扛好东西的时候可别把腰扭伤了。”

我们失望地躺下了，在考虑要不要吃一点备用粮。不过这对我们来说风险太大。因此我们试着睡一小会儿。

克罗普折断了一支烟，分给我一半。恰登说起了他的国菜：大豆烧肥肉。他咒骂说配料没有放香薄荷。人们应该把所有东西放在一起煮，而不是把土豆、豆子和肥肉分开。有人抱怨道，如果恰登不立马闭嘴，他就把恰登做成香薄荷。接着，宽敞的室内一片安静。只有几支蜡烛在瓶颈处跳动，炮兵时不时地吐几口唾沫。

我们正在打盹儿的时候门开了。卡特出现了。我以为自己在做梦：他手臂下夹着两块面包，手里拎着血淋淋的、装着马肉的沙袋。

炮兵的烟斗从嘴里掉了出来。他摸了摸面包，“真的，真的面包，还热着呢。”

关于这些，卡特没有说什么。他找到了面包，其他的都无所谓了。我坚信，如果人们把卡特丢进沙漠里，他能在一个小时后搞出一顿有大枣、烤肉和葡萄酒的晚餐来。他简短地对海埃说："砍点柴。"然后他从上衣里面掏出一只平底锅，从口袋里抓出一把盐，甚至还有一片板油——他什么都考虑到了。海埃在地上生了火，火堆在空荡荡的厂房内发出噼里啪啦的响声。我们从床上爬起来。那位炮兵有些犹豫不决。他在想，他是不是该表扬几句，或许还能捞到点吃的。但是卡钦斯基看都没看他，当他是空气。炮兵只好骂骂咧咧地退下了。

卡特知道如何把马肉烤得软烂。不能立刻放到锅里，这样肉会变硬。得先用少量的水把肉煮一下。我们拿着小刀坐成了一个圈，把胃填得满满的。

这就是卡特。如果在一个地方，一年内只有一个小时的时间可以搞到吃的，那么卡特就会正好在这一个小时——如同灵光乍现——戴上帽子走出去，像受指南针指示似的径直前去找到吃的。他什么都找得到。如果天冷，就有小火炉、木柴、干草、稻草、桌子、椅子——最主要还有吃的。谜一般的，人们不得不认为他是凭空用魔法弄来了这些东西。他最辉煌的一次战绩是四罐龙虾。不过，我们更想要猪油。

☮

我们躺在营房的阳面休息。空气中弥漫着焦油、夏天和汗脚的味道。

卡特坐在我的旁边，他很喜欢聊天。我们今天上午练了一个小时的敬礼，因为恰登在问候某位少校时表现太过敷衍。卡特老是想着这件事。他说："当心，我们会输掉战争，因为我们礼敬得太好了。"

克罗普僵直地走过来，光着脚，裤腿挽起来。他把洗过的袜子晒到草坪上。卡特看向天空，放了个响屁，还若有所思地说道：“每颗豆子都能发出自己的声音。”

他们两个开始争论起来，并且以一瓶啤酒当赌注，看我们头顶上演的空战哪方能赢。

卡特不愿放弃自己的观点，作为一名前线老兵，他押着韵脚表明：“如果大家拿一样的东西，吃一样的东西，那战争还算个什么东西。”与此相反，克罗普是个思想家。他建议，宣战应当作为一种民族节日，就像斗牛比赛一样，得搭配入场券和音乐。然后两国的部长以及将军得穿着泳裤出现在竞技场，手持短棒，相互搏斗。留到最后的那一方所代表的国家获胜。这比让我们这群错误的人在这里打仗要简单得多，也好得多。这个建议挺合人心意，接着两人的话题就转到了营地操练上。

我突然想到这样一幅画面：营房院里灼热的正午。操场上的热浪；营房冷冷清清，仿佛人都死绝了；万物沉睡；人们只能听到鼓手在练习；他们不知在哪儿列队排练，笨拙、单调、迟钝。这是怎样的三重奏啊：正午炎热、营房院子和练鼓声！营房的窗子又空又暗。几扇窗户前挂着晾晒的帆布裤子。人们渴望地朝里头看去。室内很凉爽——啊，幽暗、散发着霉味的内勤班宿舍，铁床架、叠成豆腐块的被子、矮柜以及矮柜前的小凳！就连你们也可以是愿望的目标。对外面的人来说，你们甚至是神话般的故乡余晖，你们这样的陋室里充满了不新鲜的饭菜、睡眠、香烟和衣物的浑浊味道！

卡钦斯基用斑斓的色彩和巨大的激情描绘出这一景象。如果还能回去，我们愿意交出什么呢！再进一步，我们就不敢想了——清晨的指导课：“九八式步枪可以分解成哪些部分？”下午的训练课：“弹钢琴的人向前一步出列，向右转，去厨房报到削土豆。”我们沉浸在回忆当中。突然，克罗普大笑着说道：“在勒讷换车。”

这曾是我们内勤班最喜爱的游戏。勒讷是一个换乘火车站。为了防止我们当中去休假的士兵走错，希默尔施托斯带着我们在营房里练习如何换乘。我们需要掌握，在勒讷得穿过一段地下通道才能到达换乘的下一班火车。寝室的床就好比地下通道，每个人先在左侧站好。接着命令下达：“在勒讷换乘！”所有人都如同闪电般快速从床下爬过，到达另一侧。我们就这样训练了一个又一个小时。——谈话间，一架德国飞机被击中，像彗星一样一溜烟地往下坠。克罗普因此输掉了一瓶啤酒，在那儿闷闷不乐地数钱。

克罗普的沮丧心情平息了一些后，我才说道：“希默尔施托斯还是个邮差的时候肯定是个谦虚的人。他怎么当了下士就变成了这样一个虐待狂？”

这个问题让克罗普又活跃了起来。“不仅希默尔施托斯如此，好多人都这样。一旦有了绶带或者指挥刀，他们就成了另外的模样，跟吃了水泥似的。”

“是制服的缘故。”我猜测。

“差不多是这样。”卡特说。他找了个舒适的姿势坐好，准备开始长篇大论：“不过，真正的原因还在别处。你看，如果你训练一条狗吃土豆，事后再给它一块香肠，那么这条狗还是会扑向香肠，因为这是它的天性。如果你赋予一个人一点点权力，那么得到的结果同样如此，这个人会扑向权力。这是自然而然的事情，因为人首先是个畜生，然后才或许附带些正直的品质，就像涂了黄油的面包片。部队就在于，总有一个人的权力凌驾于其他人之上。而糟糕的地方就是，他们被赋予的权力太大。下士可以把普通士兵折磨疯，少尉可以把下士折磨疯，上尉可以把少尉折磨疯。并且由于大家都心知肚明，所以渐渐也就习惯了。举个最简单的例子：我们从训练场回来，累得跟狗一样。这时我们被下令：‘唱歌！’然后大家就无精打采地唱歌，因为每个人都很开心自己还能背得动步枪。接着整个中队都得折返，罚练一个小时。再从训练场回来的时候被命令：‘唱歌！’这会儿，大家都真正唱起来。这一切的目的是什么呢？连长让自己的命令得到了贯彻，因为他有权力这么做。没人会指责他，相反，他会被视为一个严格的人。这只是件小事，他们还有许多其他的方法折磨人。我现在问你们：这个人是平民的时候能这么为所欲为吗？他得是个什么职业才能这么做，并且不会被打得嘴巴开花？只有在部队里他才能这么干！你们看，每个人脑子里都想着这个。并且一个人在做平民的时候越没有话语权，他就越想要这么做。”

“本来嘛，纪律必须有。”克罗普漫不经心地说。

“借口。”卡特嘀咕道，“他们总是有各种各样的理由。也许说得也没错，不过不应该演变成刁难。你去和一个锁匠、一个雇工或者一个工人说清楚这些，你把这些给一个鸟铳手解释清楚。这里的大部分都是这样的人。他们只能明白，自己受尽折磨，来到战场。他们十分准确地知道，什么是必须的，什么不是。我跟你们说，这里的普通士兵在前线这么能坚持，真是闻所未闻，罕见至极！”每个人都承认这一点，因为每个人都知道，只有到了战壕，操练才会停止。就在前线后方的几公里处，一切又要重演，那些胡说八道、敬礼、分列行进。因为铁律是：士兵总要有事做。

这时恰登突然出现了，脸上还带着红渍。他激动得都结巴了起来。他神采奕奕地一字一句地说道：“希默尔施托斯已经在来的路上了。他要来前线了。”

☮

恰登极其厌恶希默尔施托斯，因为希默尔施托斯在临时营地好好教育了恰登一番。恰登有遗尿病，晚上睡觉的时候会尿床。希默尔施托斯固执地相信，这是由于恰登的懒惰。希默尔施托斯找到了一种配得上自己身份的办法来治愈恰登。他费了一番心思，在隔壁营房找出了一位名叫金德瓦特的遗尿者。他把两个人安排在一起住。临时营地里都是典型的上下铺，床板是铁丝网做的。希默尔施托斯让两人一个睡上铺，一个睡下铺。睡下铺的那个当然会感到不适。因此希默尔施托斯会让他们在第二晚交换床铺，这样下铺的人就睡到了上面，可以进行报复。这就是希默尔施托斯所谓的自我教育。

这个灵机一动的念头太卑鄙了，但想法是好的。可是没什么用，因为前提条件搞错了：这两个人并不是因为偷懒才尿床。每个看过这两人苍白皮肤的人都能觉察到这一点。这件事最后的结局就是，他们两人中总有一个要睡在地上，睡在地上的那个就很容易感冒。说话间，海埃也坐到了我们的边上。他朝我眨了眨眼睛，入神地搓了搓手掌。我们一同度过了部队生活最美好的一天，也就是出发去战场的前一晚。我们被分配到一个番号特别大的团里，不过在那之前又被送回驻地去换军装，然而不是回新兵营，而是去另外一个营房。第二天一大早我们就要动身了。我们几个准备晚上好好和希默尔施托斯算算账，这是我们几个星期前就发誓要做的事。克罗普甚至想得更远。他打算恢复和平后去邮局工作，这样就能在希默尔施托斯做回邮差之后成为他的上司。他沉浸在自己好好教训希默尔施托斯的画面当中不能自拔。这就是希默尔施托斯不能使我们屈服的原因。因为我们一直期待着在某个时候逮住他，最晚也不过是战争结束时。

目前我们只想结实地揍他一顿。他也不能拿我们怎么样——如果认不出我们的话。而且我们明天一早也就出发了。

我们知道希默尔施托斯每晚都去哪家酒吧。他从那里回营地的途中一定会经过一段黑乎乎、没有人烟的路。我们就等在那里的一处石堆后面伏击他。我手里还拿着一床被罩。期待的心情让我们微微颤抖，不知道他是不是独自一人。终于，我们听到了他的脚步声。我们能准确地判断出这个声音。这个声音我们在早晨听过太多次了，经常是门被突然踢开，一个声音怒吼道：“起床！”克罗普小声问道：“一个人？”

“一个人！”我和恰登悄悄地绕着石堆看了一眼。

我们已经能看到他的皮带扣子发出的光亮。希默尔施托斯似乎有些微醺，他唱起歌来。

他就这样毫无觉察地经过了我们。

我们抓住被罩轻轻一跃，从后面套住他的头向后拉。这样一来，希默尔施托斯就像是站在一个白口袋里，手臂也举不起来。歌声停止了。紧接着，海埃·韦斯特许斯上场了。他伸长胳膊把我们推到后面去，想要第一个上。他兴致勃勃地摆好姿势，伸长手臂，像是根信号杆似的。他的大手好像煤铲，砰的一声按在白口袋上，力气大得像能杀死一头牛。

希默尔施托斯栽了个跟头，滚出五米远。他开始大叫起来。不过我们早就想好对策，准备了一个枕头。海埃蹲下身去，把枕头垫在膝盖上。他抓住希默尔施托斯的头，把它按进枕头里。希默尔施托斯的声音立马小了。海埃时不时地让希默尔施托斯透口气。这样一来，希默尔施托斯的咕哝声中间也时不时地夹杂着一声响亮的叫嚷，不过立马就又弱下去。这时，恰登把希默尔施托斯的裤子解开脱了下来。

他的口中还紧紧地咬着一根鞭子。然后他站起了身，开始大干一场。

真是一幅美好的画面：希默尔施托斯躺在地上，在他上面是弯着腰，把他的头按在双膝之间的海埃。海埃的脸上是魔鬼般的冷笑，嘴巴也因为兴奋而张得大大的。还有希默尔施托斯的条纹内裤、发抖的 X 形腿，每遭一下打，套在被褪到脚边的裤子里的 X 形腿都一阵奇奇怪怪地扭动。而在那上面是砍柴工一样不知疲倦的恰登，我们最后不得不把他扯开才能上手。

终于，海埃让希默尔施托斯站了起来，单独给了他一顿教训作为结束。海埃伸出右手，像是要摘天上的星星一样给了希默尔施托斯一耳光。希默尔施托斯被扇倒在地。海埃又把他扶起来站好，又用左手给了希默尔施托斯一个结结实实的耳光。希默尔施托斯哀号一声，手脚并用地逃走了。他那邮递员的条纹屁股在月光下闪闪发光。

我们飞速地消失了。

海埃再一次看了看四周，压抑着愤怒，满足地又有些神秘地说道：“复仇就像血香肠[1]。”其实希默尔施托斯应当感到高兴。因为他曾说过，总有一个人要教育其他人。这句话在他自己身上得到了应验。我们是领悟了他的方法的好学生。

希默尔施托斯始终没能找出这件事的幕后主人，他至多找到了一床被罩。因为当我们事发几个小时后去查看时，被罩已经不在了。

这个夜晚让我们第二天早晨能够镇定自若地出发。一位胡须飘飘的大胡子还因此感动地称我们为英雄少年。

1 德国一种用猪肉、动物脂肪和肉畜的血制成的香肠。

04

我们得继续向前开，去挖战壕。天暗下来时，卡车开到了，我们爬了上去。这是个温暖的夜晚。黄昏在我们眼中就像是张毯子，在它的保护下，我们感觉很舒服。它把我们联系在了一起，就连小气的恰登都送了我一支烟，还给我点了火。

我们紧紧地挨个儿站着。坐是没法坐了，而且我们也不习惯。默勒终于有了个好心情，他穿上了新靴子。

发动机在吼叫，车子也咯吱作响，丁零当啷。道路已经被过度使用，路面满是坑洼。我们被禁止制造哪怕一丁点儿亮光，因此只好这样扑腾着前进，差点儿没从车上掉下去。这并不会让我们持续不安。能发生什么呢，一条断掉的胳膊总比肚子上的一个枪眼要好。有人甚至还希望能借着这样的好机会回家呢。

在我们旁边行驶的是长长的弹药运送部队。他们在赶时间，不停地超过我们。我们朝他们大声说了几个笑话，他们也回应了。

视野里出现了一道墙，是道路另一侧的某栋房屋的墙。突然，我竖起耳朵。是我搞错了吗？我又清晰地听见嘎嘎的鹅叫声了。我朝卡钦斯基看去——他用目光回应了我，我们心照不宣。

“卡特，我听见那儿有填补饭盒的候选者。”

他点点头。“等我们回来就处理。我对这里很了解。”

卡特当然了解。他肯定对方圆二十公里内的每一条鹅腿都了如指掌。卡车开到了炮兵的地盘。为了防止被飞机发现，发射炮台用灌木伪装了起来，看上去像是一种部队住棚节[1]。如果里面装的不是加农炮，这种伪装的小茅屋看起来还挺有趣、祥和。

这里的空气因为火炮的烟雾以及雾气而变得灰蒙蒙的，舌头上都能尝到苦苦的烟灰末。火炮的发射发出轰隆的响声，我们的车子也随之一颠，随后是一阵轰隆隆的回声，一切都摇晃了起来。我们的脸色不知不觉地发生了改变。我们虽然不需要进战壕，只要挖战壕就行，但每个人的脸上都写着：这里就是前线，我们已经进入前线的范围。这不是恐惧。像我们这样经常往前线开的人，渐渐地也就无动于衷了，只有那些年轻的新兵不安起来。卡特在指导他们：“刚刚是30.5厘米的舰炮。你们听到它发射的声音了——着地的声音马上就来。”

然而，炮弹击打的沉闷回声没有传过来，它淹没在了前线的一片低语当中。卡特凑上去细听了一下：“今晚有猛火。”我们都侧耳聆听起来。前线开始喧闹。克罗普说：“汤米们[2]已经开始射击了。”

炮弹发射的声音听得很清楚，是英国炮兵，就在我们这段路的右侧。他们比预计的时间早了一个小时。我们这方一直都是十点整才开始炮袭。

“他们怎么想的！”默勒大叫，“肯定是他们的表走快了。”

“今晚有猛火，我跟你们说，我全身的骨头都感受到了。”卡特

1　一种宗教节日，为了纪念犹太教先祖摩西带领犹太人出埃及后，流落西奈四十年间过的草棚生活。又称结茅节。

2　指英国士兵。——编者注

耸了耸肩膀。

三发炮弹在我们身旁轰隆射出，火光倾斜着射进雾里，炮台轰隆隆作响。我们直打哆嗦，庆幸自己明天早晨就能回到营地去了。

我们的脸并没有比平常更苍白或者更红，甚至也没有变得更紧张或是更松弛。然而，它就是和平时不一样了。我们感觉，血液中的一个触点被打开了。这不是空话，而是事实。前线，对前线的意识，触发了这种连接。在第一只手榴弹鸣响的瞬间，在炮弹射出扯破空气的瞬间，我们的血管中、手中和眼中突然有了一种压抑的等待，一种蛰伏，一种更加强烈的清醒状态，感官都格外敏锐。整个身体都做好了准备，一触即发。

我时常感觉，仿佛是震荡颤动的空气带着无声的晃动扑到我们身上。或者，仿佛是能发出电流的前线本身让我们的神经末梢活跃起来。每次都是这样：我们出发去前线时还是一群闷闷不乐或是心情不错的士兵。然后来了第一批炮台，接着我们谈话的每个字的声调都改变了。如果卡特站在营房前说“今天有猛火袭击”，那么这只是他的观点，仅此而已。但当他在这里这么说的时候，这句话就蕴含了一丝尖锐，仿佛夜里月光下的刺刀。它直直地劈开我们的思绪，越来越近，带着晦暗的含义对着我们内心逐渐醒来的潜意识说：“今晚有猛火袭击。”也许这就是我们内心最深处、最私密的生活，是正在颤抖并站起来反抗的生活。

在我看来，前线就是一个令人毛骨悚然的漩涡。即使人们身处远离其中心的宁静水面下，也能感受到那种将人拉向漩涡的吸力，慢慢的、无法摆脱的，几乎无法抗拒。

但是从大地中，从空气中，能与之抗衡的抵抗力向我们涌来——最主要的是从大地中。大地对士兵的重要性超过对其他任何人。当士兵匍匐在地，长时间、有力地匍匐在地的时候，当他在火炮的死亡威胁下把脸和四肢深深地埋进土里时，大地就是他唯一的伙伴、他的兄弟、他的母亲。士兵在大地的沉默与保障下倾吐出自己的恐惧与呐喊。大地接纳了这些抱怨，并放开士兵，让他进行新一轮十秒的奔跑与生活，然后再次接住他，或者永远抱着他。

大地——大地——大地！

大地，你的褶皱、坑洼和凹槽可以让人扑进去，蹲进去！大地，你在恐怖的痉挛、在毁灭的喷射、在爆炸的死亡怒吼中给了我们为重获新生而反抗的非凡力量！疯狂冲锋中几乎被撕碎的生命，又从你那里流回我们的手中，我们这些获救的人埋进你的胸膛，在侥幸与恐惧并存的沉默时刻里，用我们的唇深深地吻你！——在火炮的第一声轰隆声中，我们身体中的一部分一下子就回溯了千年。动物的本能在我们身体里苏醒，它引导着我们，保护着我们。这种本能并没有被意识到，它比意识要快得多、可靠得多，也更加不会出差错。这种事情没法解释得清楚。人们只管前进，什么也不想——突然，人们扑倒在一处低洼地里，头顶上方碎屑飞溅——但是人们事后也想不起来，自己是如何听到炮弹袭来或者卧倒的想法是怎么产生的。如果人们完全依赖于此，那么早就变成一摊肉泥了。我们身体里这种洞察力非凡的嗅觉是另外的一种东西，它把我们拽倒，救了我们的命。如果没有它，从佛兰德[1]到弗格森[2]早就没人活下来了。

1　比利时、法国、荷兰的交界处。

2　德国西南部与法国接壤的山脉。

我们出发时还是闷闷不乐或者心情不错的士兵——在我们来到前线开始的地方——变成了人形兽。

我们驶入一片贫瘠的树林，经过野战厨房，在树林后面下了车。卡车开回去了，它会在明天天亮前再把我们接走。

草坪上飘荡的雾气和炮弹产生的硝烟有齐胸口那么高。月光倾洒其上。街上是行军的部队，微微反光的钢盔在月色下闪烁。战士们的脑袋以及步枪从白茫茫的雾中突起，脑袋一下下地点着，枪管则有规律地摆动。

雾气一直到顶前方才消散。一颗颗脑袋在这里才现出人形——上衣、裤子和靴子从白雾里显露出来，就好像从牛奶做的池塘里走出来一样。他们排成了一列纵队。这支纵队向前行军，笔直地，一个个人形连接在一起，变成了一个楔子。人们已经无法辨认出每一个个体，只看到一块黑色的楔子在向前移动。奇特的是，后面还有从迷雾池塘中游上来的脑袋和步枪补充上去。这是条纵队——不是一群人。

轻型火炮和炮兵车队从一条岔道上驶了过来。马背在月光下闪闪发光，它们的动作散发着美感。马儿晃着脑袋，人们还能看到它们的眼睛在闪。火炮和车辆在朦胧的月色背景前滑过，戴着钢盔的骑兵看上去像是来自古老时代的骑士，有一种难以名状的动人之美。

我们加紧赶到了工兵部。我们中的一部分人把弯曲的尖头铁杆扛在肩上，另一部分人则把平直的铁棍插进铁丝网卷成的线轴里，就这样开路了。负荷真是又重又让人难受。路面也变得更加崎岖。从前方传来消息：“当心，左侧有很深的弹坑。”“小心，有沟。”——我们用眼睛时刻留意着，在把身体的重量全部踩在地面上之前先用脚和木棍试探着。突然，队伍停下来了——有人的脸撞上了前一个人的铁丝网圈，站在那儿骂骂咧咧。几辆满是弹孔的汽车横在路上。新的命令来了：“香烟和烟斗都灭掉。”我们已经十分接近战壕了。

天色已经很暗了。我们绕开一小片林子，前线就出现在眼前。某种红光从天际线的一头延伸到另一头。它在持续地移动，炮兵连枪口的火光照亮了它。在它上面，照明弹爬升得高高的，银色和红色的光球炸开，变成白色、绿色和红色的星星又落了下来。法军发射的导弹在空中张开丝制的降落伞，然后慢悠悠地飘荡落地。导弹把周遭的一切都照得和白天一样亮。它的光亮一直延伸到我们这里，我们能在地上清晰地看见自己的影子。导弹在燃烧殆尽前，可以在空中摇曳几分钟的时间。然后立马就有新的导弹升空，到处都是，中间还夹杂着绿色、红色和蓝色的星星火花。

“倒霉。”卡特说道。

阵雨似的火炮逐渐加强，集中成一股沉闷的轰隆声，接着又化作一小簇一小簇的击打声。机关枪子弹齐发，发出干脆的嗒嗒声。而我们头顶的上空充满了看不见的追逐、呼啸、鸣响和嗞嗞声。那是些小型炮弹。不过，其间也有大块煤炭以及沉重的碎石沉吟着划过黑夜，落在我们的大后方。它们从远处传来的声音低沉嘶哑，仿佛交配期的鹿鸣，并且远远地超过了小型炮弹的轰鸣声，在空中画出自己的轨迹。

探照灯开始搜查黑色的天空。它们如同一道末端越来越细的巨大直线从空中划过。一道灯光停下了，只轻微晃动。立刻，第二道灯光就出现在它旁边。它们交织在一起，一只黑色的虫子出现在两道灯光之间，它试图逃脱出来：是一架飞机。飞机越来越没把握，它被照得眼花了，飞得踉踉跄跄。

☮

我们把铁桩等间距地钉稳在地里。两个人拿着卷好的铁丝网，其他人负责把它摊开。铁丝网上装有密密麻麻、长长的硬刺，十分讨厌。我还没适应展开铁丝网的工作，手就被刮破了。

几个小时后，我们完成了工作。不过离卡车过来接我们还有些时间。我们中的大多数人就躺到了地上，开始睡觉。我也试图这么做，但是天太凉了。我能感觉得到，我们离海边不远，总是会不停地被冻醒。

终于有一回我睡熟了。突然，我猛地一下子飞了很高，我不知道自己在哪儿。我看到了星星，我看到了导弹。一瞬间，我以为自己在花园里的节日庆祝上睡着了。我不知道现在是白天还是黑夜。我躺在破晓或者黄昏的浅色摇篮里，等着一定会来的几声温柔话语，温柔又让人安心——我哭了吗？我试着去揉眼睛。太神奇了，我是一个孩子吗？娇嫩的肌肤——不过这仅仅持续了一秒。紧接着我就辨认出了卡钦斯基的侧影。他安静地坐在那里，这个老兵。他在抽烟斗，当然是带盖子的烟斗。当他察觉我已经醒过来时，只是说了一句："你受惊了吧。只是个雷管，嗖地掉进灌木丛了。"

我直起身子，突然感到特别孤独。真好，卡特在这里。他若有所思地看向前线，说道："如果这里不是这样危险，烟花也挺好看的。"

一颗炮弹落在了我们的后方，几个新兵惊恐地跳了起来。几分钟后，又一颗闪着火光掉了过来，比之前那颗还近。卡特把烟斗敲敲干净："炮击来了。"

果真立马就开始了。我们慌慌张张地快速爬开。下一发射击已经追近，到了我们之间。一些人尖叫起来。地平线处，绿色的导弹已经升空。泥土四溅，砂砾嗡嗡作响。如果炮击的声音再次沉寂下去，人们还能听到这些碎屑啪地掉下来的声音。

我们旁边躺着一个吓得半死的新兵，是个淡黄色头发的孩子。他把脸紧紧地埋进手里，头盔都被甩掉了。我把它捞了回来，想要给这个新兵再戴上。他抬头看了我一眼，把头盔推开，然后朝我爬过来，如同孩子一样把头放在我的手臂底下，紧紧地贴着我的胸膛。他瘦弱的肩膀还在颤抖。这双肩膀，简直和克梅里希的一模一样。我就这样任他靠着。为了让头盔至少发挥出一点作用，我把它放到了新兵的屁股上面。我倒不是在开玩笑，而是考虑到在这个姿势下，屁股是士兵身体的最高点。虽然那里的肉很厚，但是子弹射进去还是会疼得要死，而且还得在野战医院趴几个月，很可能之后就瘸了。

炮弹肯定是猛烈地击中了哪里，我们能听到火炮落地声之间的疯狂叫声。

终于，又恢复了安静。火光从我们头上疾驰而过，落在了最近的备用战壕里。我们冒险看了一眼。红色的导弹还在空中飘荡，或许还会有一场进攻。

我们这里一直很平静。我坐了起来，摇了摇那位新兵的肩膀：“已经过去了，孩子！这会儿还算好。”

他惊慌失措地四下张望，我劝了劝他：“你会习惯的。”

他看到自己的头盔，又戴了起来。慢慢地，他恢复了神志。突然，他的脸变得很红，表情有些尴尬。他小心翼翼地把手伸进裤子后面，苦恼地看了看我。我立刻明白了：大炮恐惧症。其实我并不是因此才把头盔放在那里的，不过我还是安慰他道：“这不是什么丑事。比起你来，很多人在经历了第一次火炮袭击之后裤子全湿了。去灌木丛后面吧，把内裤扔掉就完事了。”

新兵默默地溜走了。周围变得更加安静，但是叫喊声还是没有停止。“怎么回事，阿尔贝特？”我问道。

“那边有队伍被击中了。”

喊叫声一直在持续。不是人的叫声，人不可能叫得这么可怕。

卡特说道：“是受伤的马。”

我还从没听过马叫，几乎不敢相信自己的耳朵。正在那里哀嚎的，是世界的痛苦，是煎熬的生灵，是疯狂残酷的疼痛。我们脸色苍白。德特林站起身来：“暴君，暴君！给它们一枪来个痛快吧！”

德特林是个农场主，经常与马打交道，对此更加感同身受。仿佛故意似的，炮声在这时也几乎停止了，动物的叫喊因而越发清晰。在现在这片如此静谧的银色月景中，人们都搞不清楚，声音到底是从哪儿传来的。它看不见，如幽灵般遍布天地间的各个角落，漫无边际地扩散开来——德特林发怒了，他吼道：“射死它们吧，射死它们吧！你们这群该死的！”

“他们得先把人救出来啊。”卡特说道。

我们起身开始寻找声音的源头。如果能看到这些动物，或许就容易忍受一些吧。麦尔随身带着一架望远镜。透过它，我们看到黑黑的一群卫生员正抬着担架，还有几团大黑块在动。那就是受伤的马匹，不过还不是全部。有几匹马正在远远的后方飞奔，倒下，又继续跑。其中一匹马的肚子都被炸开了，肠子长长地挂在体外。马儿被自己的肠子缠住，倒了下去，不过它又站了起来。

德特林举枪进行瞄准。卡特一把推开，让枪口朝向空中。“你疯了吗？”德特林哆嗦着身子，把枪扔到了地上。我们又坐了下来，捂住耳朵。但是，这骇人的痛诉、悲鸣和惨叫穿透进来，渗透到各个地方。

无论什么我们都能忍受。然而在这儿，我们的汗水还是流了下来。真想站起来跑走。只要能不听这个叫声，跑到哪里都可以。况且这还不是人在叫，只是马。又有担架从黑影里走了出来。接着传来零星的几声射击。大黑团抖了抖，变得平坦了一些。终于！不过这还不算完。人们无法靠近那些因为害怕而逃开的受伤马匹，它们张开的大嘴里满含痛苦。我远远望见一个人影跪了下来，发了一枪。接着一匹马就瘫倒了，又是一枪。最后一匹马用前腿撑着整个身子，像旋转木马一样绕着圈。它就那样蹲着，用高高撑起的前腿拖着身子在原地打转儿，它的背可能已经被击碎了。一个士兵跑了过去，把它射倒。马儿慢慢地、顺从地倒向地面。

我们把手从耳边拿开。叫喊声平息了，只有长长的一声临终叹息还飘荡在空中。接着，导弹、火炮的响声以及和星星一样的照明弹又开始了——这回甚至有些奇特。

德特林走开了，嘴里骂着："我就想知道，这些马儿有什么罪。"过了一会儿，他又走回来，声音激动，几乎是有些庄重地说："我跟你们讲，让动物上战场是最卑鄙的行为。"

我们开始往回走，到了上卡车的时间了。天空又亮了一度，现在是凌晨三点。风儿清新凉爽。惨淡的时辰让我们的脸也灰蒙蒙的。

我们排成一列纵队向前走，摸索着穿过战壕和弹坑，然后又回到了雾气蒙蒙的地段。卡钦斯基变得不安起来，这可不是个好征兆。

"怎么了，卡特？"克罗普问道。

“我真希望，我们已经到家了。”家——卡特指的是营地。

“快了，卡特。”

他很紧张。

“我不知道，我不知道。”

我们进入了交通壕，接着是草地，然后眼前就出现了小树林。这里的每一寸土地我们都很熟悉。不远处是猎人坟地的小土包和黑色十字架。

就在这时，我们的后方突然传来一声尖锐的鸣响，逐渐扩大，变成轰隆声，然后是闷雷声。我们赶紧弯下身子——就在我们前面一百米处，炮弹产生的火焰烟云直冲而上。

就在下一分钟，一小部分树林在第二次击打之下慢慢地升了起来，飞过山顶。三四棵树也跟着被甩出来，碎成几块。紧接着，下一波炮弹就像锅炉阀门似的嗞嗞叫着追了过来——火力真猛。

“掩护！”有人大叫着，“掩护！”

草地太过平坦，树林又太远，而且很危险——除了墓地和坟墓土包，没有别的掩体了。我们在黑暗中跌跌撞撞地冲进去，立刻找到小土包紧紧地贴在后面，像是一口唾沫吐在上面一样。

千钧一发。黑暗越来越疯狂，起伏着，呼啸着。比夜色更深的黑暗带着巨大的隆起向我们疾驰而来，又越过我们而去。爆炸产生的火焰在整个墓地四处跳动。

哪里都没有出路。我爹着胆子，在炮弹闪光的时候看了一眼草地。那里已经是一片翻滚的海洋，炮弹喷射的火焰像喷泉一样从里面跳出来。穿过那里跑出去绝对不可能。

树林已经没了，它已经被践踏、扯破和撕裂了。我们只能待在这片墓地里。

我们前面的土地已经裂开，泥块像雨一样落下来。我突然感到一下猛拉，我的袖子被一块碎石扯破了。我握紧拳头，没有传来疼痛感。但这没能使我安心，因为伤口的疼痛总是要晚一步才感受得到。我快速摸了下胳膊，被刮伤了，但还是完好的。砰的一声，我的脑袋又被什么撞了。我的意识开始模糊。突然，一个念头闪过：不能晕过去！我像是掉进了黑色的糨糊里，然后立马又爬了上来。又一块碎石撞到了我的头盔上。它应该是从很远的地方飞过来的，因此没能击穿我的头盔。我擦了擦眼睛，把脏东西揉了出去。我前面的地上被炸出一个洞来，看得不是太清楚。炮弹一般不会落在同一处，因此我想爬进这个弹坑。我一个跳跃，像鱼一样越过地面，快速地向前跃进了一大段距离。这时炮声又响了。我迅速地匍匐在地，想抓取一些东西做掩护。我感觉身体左侧有一些东西，就把身子紧紧地贴过去。那个物体坍塌了，我哀叹一声。大地被撕碎了，气压在耳中闷声作响。我爬到那个坍塌物体的下面，把它盖在身上。它是木头，是毛巾。它是掩体，掩体，是抵御从天而降的碎石的可怜掩体。

我睁开眼睛，自己的手指紧紧地揪住了一个袖子—— 一条胳膊。是个伤员吗？我朝他大喊，没有回应——一个死人。我继续用手在一些碎木片里摸索。这回我想起来了，我们正躺在墓地里。

不过炮火的威力比其他任何东西都要猛。它打断了我的思绪。我只管继续在棺材底下往深处爬，它会保护我的，虽然死神就躺在里面。

弹坑就在我的面前敞开着。我用眼睛紧紧地盯着它，就像用手抓着它似的。我必须一步跳进去。这时，有人打了我的脸一拳，一双手抓住了我的胳膊——那个死人又醒过来了？这双手摇晃着我的身体，我转过头去。在几秒钟的光亮里，我看到了卡钦斯基的脸。他的嘴张得大大的，在吼叫着什么。我什么也听不见。他继续摇晃着我的身体，朝我靠近。在炮弹轰鸣声减弱的瞬间，我听到了他的声音：“毒气——毒气——毒气！转告其他人！”

我把随身的防毒气背囊拽到了面前。离我几米远的地方躺着一个人。我别的什么也没想，只想着他得知道这个情况：“毒气——毒气！”

我叫喊着，一点点地爬过去，用背囊拍打着他身后的地面。他毫无察觉。再来一次，再试一次。他仍旧只是在那儿缩着脑袋。这是个新兵——我绝望地看向卡特。他已经戴上了面具，我也取出我的防毒面具来。钢盔被挤到了侧边，我把面具套在了脸上。我来到了那个新兵身旁，他的防毒气背囊就在我旁边。我取出面具，把它套在新兵的头上，他伸手去拿。我放开手，然后一下子就躺倒在了弹坑里。

毒气弹沉闷的爆炸声和那些炸弹的脆响混在一起。钟声夹杂在爆炸声、锣鼓声之间。金属鸣器的声音在向四周宣告：毒气——毒气——毒气。有什么东西落在了我的后面，一下、两下。我擦了擦面罩镜片上因为呼吸而凝结的水汽。原来是卡特、克罗普和另外一个人。我们四个人躺在弹坑里，紧张地等待着，呼吸也尽可能地轻些。

戴上防毒面具的前几分钟决定了生死：面具够严实吗？我曾在野战医院见到过这样的可怕景象：因为毒气受伤的士兵整天作呕，把烧坏的肺一点点地咳出来。

我把嘴靠在橡胶管口，小心翼翼地呼吸着。毒气此时笼罩了地面，沉入了每一处凹陷。它像一只庞大柔软的水母躺进了我们的弹坑，舒展着自己的身体。我捅了捅卡特：爬出去躺在上面要比留在这里好，这里是毒气沉积的地方。然而，我们没能来得及。第二波密集火力开始了。现在仿佛不是炮弹在呼啸，而是大地在怒吼。

一声巨响，一团黑色的东西向我们疾驰而来。它重重地落在了我们旁边，是一口被高高抛起的棺材。我看到卡特动了起来，我也爬了过去。棺材砸到了我们弹坑里第四个人伸着的胳膊。那个人试图用另外一只手把防毒面具摘下来。克罗普及时地伸出了手。他把那个人的手反扭到背上并牢牢地按住了它。

卡特和我走上去把他受伤的胳膊弄出来。棺材盖子已经松动裂开了，我们很轻松地把它扯了下来。尸体被我们扔了出去，落到坑底。接着我们试着弄松棺材的底部。

好在那个人失去了意识，克罗普可以过来帮我们。我们现在不需要那么小心翼翼了，想尽办法地在弄。终于吱呀一声，棺材被伸到底部的铁锹弄散了架。天亮了一些。卡特取了一小块棺材板，把它垫在了那个人被砸碎的胳膊下面，接着我们把自己所有的绷带都拿出来进行了捆扎。眼下也没有什么更多的可以做了。

我的脑袋在防毒面具里嗡嗡作响，快要炸裂了。肺部也很吃力，它只能反复吸纳使用过的空气。太阳穴那里的血管鼓鼓地发涨。我以为自己要窒息了——灰色的光线漏进了弹坑。风儿拂过墓地。我拖着身子翻出弹坑，在灰蒙蒙的拂晓中，我看到面前横着一条被扯下来的腿，腿上的靴子还完好无损。就那一瞬间，我把一切都看得清清楚楚。这时，几米外的地方站起来一个人。我擦了擦防毒面具的镜片，但因为激动，护目镜上又立刻蒙上了一层水汽。我呆呆地望过去——那边的那个人没再戴着面具了。

我又观察了几秒钟——他没有倒下，他四周张望，像在寻找着什么，然后又走了几步——一定是风吹散了毒气，空气又洁净了——我也喘息着扯掉面具，瘫倒在地上。新鲜的空气如同冰冷的潮水涌进了我的身体。我的眼睛要裂开了。空气的浪潮淹没了我，将我熄灭在黑暗之中。

炮击停止了。我转过身去，朝弹坑方向招了招手。他们几个也爬了出来，摘掉面具。我们把受伤的那个士兵抬起来，其中一人举着他被夹板固定的胳膊，就这样匆匆忙忙地离开了弹坑。

墓地已经是一片废墟，地上散落着棺材和尸体。安葬的陈尸又被杀死了一次。不过，每一个被炸碎的尸体都挽救了我们当中某一个士兵的性命。

篱笆也毁了。军用铁路的轨道被炸出了地面，歪歪扭扭地竖在地上。走着走着，前面的地上躺着一个人。我们几个停下了脚步，只剩克罗普领着伤员继续走。

躺在地上的是个新兵。他的屁股已经血肉模糊。他看起来如此虚弱。我不得不伸手去探我的战地背包，里面有加了茶水的朗姆酒。卡特阻止了我伸出去的手，他弯腰问道："同志，你哪里受伤了？"

新兵转了转眼珠。他太虚弱了，没办法做出回答。

我们小心翼翼地剪开他的裤子。他呻吟起来。"放轻松，放轻松，会好起来的。"

如果他腹部中弹，那么就不能喝东西。他身上没有一处骨折，还算不错。我们让他的屁股裸露出来。那里已经变成一摊肉泥，里面还掺着碎骨头渣。关节被打中了，这个孩子再也无法走路了。

我用蘸湿的手指擦了擦新兵的额角并给他喝了一口酒。他的眼里渐渐有了光彩。这时我们才发现，他的右臂也在流血。

卡特拿出两卷绷带，把它们扯得尽可能宽，以便能覆盖住伤口。我则在寻找可以用来捆扎的材料。我们没有什么可用的，因此我把新兵伤员的裤腿又剪开了一些，想要用他的一块内裤布料当带子用。然而，他没穿内裤。

我细细地看了看他：原来他是先前那位淡黄色头发的孩子。

此时，卡特从某个死人的口袋里翻出了绷带。我们小心地把它缠在伤口上。我对目不转睛地看着我们的少年说："我们现在去找担架过来。"

他突然开口，低语道："留在这儿。"

卡特回答他："我们一会儿就回来。我们去为你抬担架。"

我们无法判断他到底有没有听懂，他像个孩子一样，在我们身后啜泣："不要走。"

卡特看了看周围，轻声说道："难道不应该干脆拿把左轮手枪结束这一切？"

这个孩子不可能经受得住搬运。他至多还有几天时间。我们到目前为止所做的一切都不可能抵挡住死神的来临。他现在还神志不清，没什么感觉。再过一个小时，被包扎好的他就会因为难以忍受的疼痛尖叫不止。他还活着的这几天对他而言只不过是强烈的痛苦。而他有没有这几天的时光对任何人来说都没有意义——我点点头。"是的，卡特。应该拿把手枪。"

"拿过来。"他说道并停下了脚步。我看得出来，他已经下定决心。我们环顾了一下四周，可惜现在不止我们两个人了。我们面前集中了一小堆人，还有一些正从弹坑和壕沟中爬出来。

我们取来了担架。

卡特摇了摇头。"这么年轻的小伙子。"他又重复了一遍，"这么年轻、无辜的小伙子。"

☮

我们的损失比想象中要小：死了五个，伤了八个。这还只是场短暂的炮火袭击。死掉的其中两个正好就躺在被炸开的坟墓里，我们只须把他们再埋上就好。我们开始往回走。我们沉默地排成纵队，一个接一个地慢慢向前走。伤员被送往护理站。清晨的天空浑浊暗淡。护士们拿着号码牌和字条跑来跑去，伤员们在呻吟。开始落雨了。一个小时后，我们到达了停车点，爬上了车。现在车上比来的时候要宽敞了。雨越来越大，我们摊开帐篷布顶在头上。雨水不停地拍打在上面，汇成小股的水流从侧边流下。卡车蹚过水坑，发出噼啪的声音。半睡半醒的我们在车上晃来晃去。

坐在卡车前面的两个男人手里拿着开叉的长木棍，留意着路上横着悬挂的电话线。这些线挂得很低，能把我们的头割断。他们用木叉子截住电话线，把它们举高，好让我们的脑袋从下面通过。我们听到他们在喊："当心——电线。"然后我们就在半睡半醒之间屈膝下蹲，通过之后再直起身子。卡车在单调地摆动，坐在前面的人在单调地呼喊，雨水在单调地滴落。它落在我们的脑袋上，也落在前方死人的身体上，落在那位受伤的年轻新兵的身体上。那个伤口对他的臀部而言，面积过于大了。雨水落在克梅里希的墓碑上，也落在我们的心里。

不知何处响起了炮击声。我们打了个激灵，眼神紧张，双手已经再次就位，准备随时翻越车栏躲入路边的壕沟。

接下来没再发生什么。只有单调的喊声在继续："当心——电线。"我们屈膝蹲下，又变成半睡半醒的状态。

05

一只一只地杀死上百只虱子实在费力。小东西硬硬的，用指甲盖连续不断地进行碾压特别无趣。因此，恰登用铁丝把擦鞋盒的盖子固定在一支快燃烧完的蜡烛上面，然后把虱子一股脑儿地扔进了这个小小的平底锅里——一阵噼里啪啦的断裂声，虱子就被解决了。

我们围成一圈坐下，膝盖上放着衬衣，上半身裸露在和煦的空气中，手上的活儿也在继续。海埃的虱子特别精巧：它们头上有个红十字。因此他宣称，这些虱子是他从图尔霍特的野战医院带出来的，来自一位少校军医的身上。海埃想用金属盖子上慢慢聚集起来的虱子油擦靴子。他被自己的笑话逗乐了，足足大笑了半个小时。不过，他的笑话在今天不太成功，我们都太过专注于别的事情。

谣言成真了。希默尔施托斯来了。他是昨天出现的，我们听到了他那再熟悉不过的嗓音。据说，他在后方让几个年轻新兵在耕过的田里训练时操练的强度太大。而他不知道，总理的儿子也在其中。这件事差点儿毁了他。

他肯定会对这里大吃一惊。恰登花费了好几个小时来琢磨自己面对希默尔施托斯时可以采用的所有回应方式。海埃若有所思地盯着自己的大手掌，朝我挤了下眼睛。那晚的暴揍是他此生的高潮。他曾跟我说，他现在还时不时地梦到这件事。

☮

克罗普和默勒在聊天。克罗普是唯一搞到满满一饭盒豌豆的人，可能是从工兵厨房偷来的。默勒眼馋地看着。不过他还是控制住了自己，问道：“阿尔贝特，如果现在和平了，你会做什么？”

“和平是不存在的！”克罗普简洁地表示。

“哎呀，假如呢？”默勒坚持，“你会做什么？”

“离开！”克罗普嘟囔道。

“这是肯定的。然后呢？”

“大喝一顿。”克罗普说。

“不要胡说八道，我是认真的。”

“我也是认真的。”克罗普说，“不然还应该干什么？”

卡特对这个问题很感兴趣。他认为克罗普应当给自己一点豆子作为贡品。克罗普给他了。卡特思考了很长时间，然后说道：“确实可以大喝一顿。此外，就要搭最近的一班火车，启程回妈妈身边。啊，和平，阿尔贝特——”

他从自己的油布钱夹里翻出一张照片，然后骄傲地让众人传阅。“我老伴儿！”然后他收起照片，咒骂道：“该死的鬼战争。”

“你想咋说就咋说吧。”我回应道，“你有老婆孩子了。”

“没错。”他点点头，“我得设法让他们有口吃的。”

我们笑了。“这个肯定少不了，卡特。不然你就去征用食物。”

默勒还不满足。他把沉浸在揍人梦境里的海埃·韦斯特许斯唤醒。“海埃，如果现在和平了，你会做什么呢？”

“他得把你的屁股揍开花，因为这些都是你挑起来的。”我说道，“你脑子是怎么想的呀？”

“我就想问问，牛屎能不能跑到房顶上？”默勒简短地回了我一句，然后又转向海埃·韦斯特许斯。

突然这么一问，实在是太为难海埃了。他晃了晃长着雀斑的脑袋：“你的意思是说，如果不再有战争了？”

“对，你说的倒也没错。”

“那就又有女人了，是吧？”海埃舔了舔嘴巴。

“那肯定。”

“我的老天！”海埃感叹道，脸上也有了光彩，“那我要弄到一个身材结实的娘儿们，那种货真价实的厨娘。你懂的吧，身上的肉可以用手握住的那种。然后立刻扑进床里！你想象一下，舒服的羽绒被，带弹簧的床垫。孩子们，我八天都不会穿裤子起来的。”

大家都沉默了。海埃描绘的画面实在太美妙，我们鸡皮疙瘩都起来了。终于，默勒打起精神来，追问道：“然后呢？”

海埃停顿了一下，有些为难地解释道：“如果我是个下士的话，我会留在部队，超期服役。”

“海埃，你脑子不好使。”我开口道。

海埃悠然地反问：“你挖过煤吗？试试看。”

他一边说话，一边从靴筒里掏出勺子来伸进克罗普的碗里。

“还有什么比在香槟区挖战壕还要糟糕？”我反驳道。

海埃嘴里吃着豆子，冷笑一声：“可是挖煤的时间更长，还不能溜走。”

“但是，天哪，在家肯定比这里好啊，海埃。”

“一半一半吧。”他应声道，张着嘴陷入了沉思。

从他的脸上，人们可以读出他正在想什么。他在想那个寒酸的沼泽茅屋，在想从清晨到黄昏不停歇地顶着荒草丛中的酷热干重活儿，在想微薄的报酬和脏兮兮的工装。“和平时代待在部队不会有什么烦恼的。”海埃说道，“每天都有吃的，不然你就闹。你有睡觉的地方，八天换一次干净衣服，跟个绅士似的。你只要做好下士该做的工作，就能得到一套漂亮的制服。晚上，你又变成了自由人，可以去酒吧。”

海埃对自己的这个想法感到相当自豪，他已经陷入其中，不能自拔。“等十二年的兵役一满，你就能领取养老金，做个农村警察，可以整天散步。”想到这样的未来，海埃都不禁微微出汗。“你想象一下，那时你会得到怎样的招待。这里一杯白兰地，那儿半升啤酒。每个人都想要和村警搞好关系。”

“你永远不会成为一名下士的，海埃。”卡特插了一嘴。海埃震惊地看了卡特一眼，沉默了。海埃脑子里现在一定都是些晴朗的秋日黄昏，在荒野度过的周日，村里的钟楼，和姑娘们在一起的下午和夜晚，填满肥肉馅料的荞麦煎饼，在小酒馆里无忧无虑的闲暇时光——海埃幻想的景象太丰富，一时还走不出来。因此他愤愤地嘟囔道：“那你们还瞎问什么。”

海埃套上衬衫，扣上了制服纽扣。

“你会做什么呢，恰登？”克罗普问。

恰登只认准一件事：“留心不能轻易放过希默尔施托斯。”

他最好能把希默尔施托斯锁在笼子里，每天早晨用棍棒把他暴揍一顿。他还饱含崇拜地对克罗普说：“如果我是你的话，我感觉自己能成为上尉。然后你就能可劲儿操练他，让他屁滚尿流。”

“那你呢，德特林？”默勒继续着自己的调查。他的问题从没断过，真是个天生的教书先生。

德特林是个寡言的人。不过对于这个话题，他还是给出了回答。他望着空中，只说了一句话：“我希望能及时赶回去收割。”说完便起身走开了。

他有些忧心忡忡。他的老婆现在必须一个人经营整个农庄，而且别人还牵走了他的两匹马。他每天都读送来的报纸，看看他那位于奥尔登堡的小地方是不是也是晴好天气。不然，家里人来不及收干草。

就在这时，希默尔施托斯出现了。他径直朝我们这群人走来。恰登的脸变了，他舒展身子躺到草坪上，激动地闭上了眼睛。

希默尔施托斯有些犹豫，他的步伐变缓了。不过，他接着还是朝我们这里过来了。没有人示意要站起来。克罗普饶有兴味地看着希默尔施托斯。

他现在正站在我们面前，等待着。由于没人开口说话，希默尔施托斯试探性地来了句：“怎么样啊？”

几秒钟过去了。希默尔施托斯显然并不知道，自己应该怎么做。他巴不得现在训练我们跑步。不过，他似乎已经学到了前线不是兵营的道理。他又试着开口。这次不是面向我们所有人，而是针对一人。他期望，这样比较容易得到回应。克罗普离他最近，因此他给了克罗普这份荣耀：“哎呀，你也在这儿？”

然而，克罗普可不是他的朋友。他短短地回了一句：“我想，比你在这儿的时间长些。”

红胡子发抖了：“你们不认识我了，是吗？”

恰登这时睁开了眼睛：“认识啊。”

希默尔施托斯把身子转向他：“这是恰登，对吧？”

恰登把头抬了起来。

“那你知道，你是什么吗？”

希默尔施托斯惊呆了。“我们从什么时候开始以‘你’相称了[1]？我们肯定没一起在街边的沟里躺过吧。”

希默尔施托斯绝对不知道该如何摆脱现在的困境。他没料想到会遭遇如此不加掩饰的敌意。不过，他暂时只是在提防而已。肯定有人和他说了当心背后挨枪子儿这样的胡话。

听到路边沟这样的反问，恰登都被气笑了。

“没，只有你一个人在那种地方躺过。”

现在希默尔施托斯也火大了。不过恰登还是抢先了一步，他一定要把心里话都说出来：“你是个什么东西，你知道吗？你是个鬣狗，你就是这么个玩意儿！我早就想告诉你了。”当恰登喊出“鬣狗”这个词的时候，这几个月的苦熬都得到了补偿，光彩从他那双猪一样的明亮眼睛里迸发出来。

希默尔施托斯此刻也气得失去控制了：“你这只臭野狗想怎么样，你这个煤鬼？长官跟你讲话的时候，你给我站起来，四肢收好！”

恰登大度地招了招手。“您可以走啊，希默尔施托斯。走开。”

希默尔施托斯狂怒地要求遵照士兵训练守则。皇帝也不会遭受比这还严重的侮辱。他吼道：“恰登，我正式地下令：请您站起来！”

“还有别的什么要求吗？”恰登问。

“您是准备执行我的命令还是不呢？”

恰登泰然自若地用了一句最有名的古典作家语录回绝了希默尔

1　在德语当中，可以用“您”或者“你”来称呼对方。一般，面对陌生人、比自己年长或者地位高的人，应当使用“您”。“你”常见于朋友之间或者面对比自己小以及地位低的人时使用。

施托斯，虽然他自己并不知道那是句名言。同时，他还背朝希默尔施托斯放了个屁。

希默尔施托斯跑开了："您会上军事法庭！"

我们看到他消失在通往办公室的路上。

海埃和恰登发出一阵响亮的、挖煤工似的爆笑。海埃笑得太厉害了，以致下巴突然脱了臼，只得张着嘴巴，无措地站在那儿。阿尔贝特不得不用拳头让海埃的下颌恢复原位。

卡特有些担心。"如果他上报了你的名字，那就麻烦了。"

"你觉得，他会这么做？"恰登问。

"肯定会。"我回答道。

"对你最轻的处罚是五天禁闭。"卡特解释道。

恰登没有被吓到。"五天禁闭就是五天安宁啊。"

"那如果被关进堡垒呢？"默勒追问得更透彻。

"那么战争对我来说就已经结束了。"

恰登是个乐观的孩子。在他眼里，没什么是需要担心的。他和海埃以及雷尔一起走了，以免这件事引起骚动后被找到。

☮

默勒还没有打算放弃。他再次瞄准了克罗普："阿尔贝特，如果你现在真的能回家，你会做什么呢？"

这时克罗普已经吃饱了，因此变得随和了些："我们班那时候还有多少人？"我们开始数起来：原本的二十人已经死了七个，受伤四个，还有一个进了精神病院。最多也就十二个人吧。

"其中三个是少尉。"默勒说，"你觉得，他们会任凭坎托雷克责骂吗？”

“我们觉得不会。我们也不会让人骂了。”

“对于《威廉·退尔》[1]中的三重情节，你究竟怎么看？”克罗普突然回忆起上课的场景，大声笑了出来。

“哥廷根林苑派[2]诗人的宗旨是什么？”默勒也开始十分严肃地琢磨起来。

“大胆查理[3]有几个孩子？”我从容地反问道。

“博伊默，你这辈子都将一事无成。”默勒尖起嗓子说。

“扎马战役[4]是什么时候发生的？”克罗普想知道。

“克罗普，您缺少一种道德上的严肃精神。坐下吧，三减去……”我打了个手势表示拒绝。

“来古格士[5]认为国家最重要的任务是什么？”默勒低声轻问，假装推了推眼镜的鼻托。

“这是不是就意味着，除了上帝，我们德国人不惧怕世上的其他任何人？还是说，我们德国人……”我开始引导大家思考。

“墨尔本有多少人口？”默勒反问。

“如果您连这个都不知道，您这辈子怎么能通过考试呢？”我生

---

1 此处指弗里德里希·席勒创作的剧本。

2 18世纪中后期德国文学领域的“狂飙突进运动”中的一个诗歌流派。是狂飙突进诗歌创作的中心。

3 欧洲历史人物。勃艮第王朝的成员，是好人菲利普三世与葡萄牙的伊莎贝拉的儿子。1467—1477年，大胆查理担任勃艮第公国的公爵，通过一系列侵略扩张与战争提升了勃艮第公国的地位，并无意间促进了法兰西王国的发展。

4 扎马战役是公元前第二次布匿战争的最后一场战役。在这场战役中，罗马名将西庇阿打败了被一些西方国家称之为“战略之父”的迦太基将领汉尼拔，迫使迦太基与罗马签订和约，第二次布匿战争以罗马的胜利告终。

5 又译作吕库古、来库古。古希腊政治人物，被认为对斯巴达进行了社会和军事改革。

气地问阿尔贝特。

“如何理解亲和力？”阿尔贝特表示抗议。

关于这些没用的垃圾，我们如今也记不得许多。它对我们也没什么用。如何在风雨交加的天气点着香烟，如何用湿木柴生火，以及拼刺刀时最好往对方肚子上捅——因为这样就不会像捅肋骨那样卡住拔不出来——这些知识学校却没教过我们。

默勒思索了一下：“这有什么用呢？我们还是得回到学校。”

我觉得没这个可能。“我们可能要参加特考。”

“特考需要提前准备啊。而且就算通过了考试，那然后呢？当个大学生也不会好到哪里去。如果你没钱，还是得拼命苦读。”

“还是好那么一点点吧。不过大学灌输的也还是些胡扯。”

克罗普说出了我们的心声：“已经经历过现实的人，怎么可能把大学里的人讲的话当真呢。”

“不过你总得有个工作吧。”默勒表示反对，这一刻他好似坎托雷克附体。

阿尔贝特在用小刀清理指甲，我们都惊讶于他的讲究。然而，他不过是在思考罢了。阿尔贝特移开刀，说道：“是这样的。卡特和德特林将会重拾原来的工作，因为他们之前就干过。希默尔施托斯也会如此。我们之前没有什么职业。我们如何才能在经历了这里的一切之后……”阿尔贝特示意地指了指前线，“适应某一种职业呢？”

“那就当个退休人员吧，独自一人住在某个森林里。”我说，不过转眼我就为自己的胡思乱想感到了羞愧。

“我们回去之后到底会变成什么样啊？”默勒感慨道。就连他也感到了迷茫。

克罗普耸了耸肩膀。“我不知道啊。先回去再说，到时候就明朗了。”

其实我们所有人都很无措。“到底能干些什么呢？”我很好奇。

“我对什么都提不起兴趣。”克罗普疲惫地回答道，“有一天你死了，那时你还有什么呢？我不认为我们还能回去。”

“阿尔贝特，当我开始思索这件事。”我在片刻之后又开了口并且翻了个身平躺着，“当我听到‘和平’这个词的时候，并且真的和平了的话，我想随便做点难以意料的事。这个想法一直在我的脑子里。一些，你懂的，一些有价值的事情，不枉我们在这儿受苦受难过。但是我就是想不出来。我能想到的这些工作啊，学业啊，酬金啊之类的，都令我作呕，因为这些一直都存在并且很令人反感。我什么都想不出来，什么都找不到，阿尔贝特。”

突然一下子，我觉得一切都是那样无望且令人绝望。

克罗普也在思索这件事。“我们所有人都将面对这份艰难。难道家里的那些人不会因此担心吗？两年的枪击和炮击——这种事没法像脱长统袜一样在事后轻轻松松地放下啊。”

我们一致同意这个看法，每个人都将面临相似的情况，不止我们这里的几个，而是所有人，每一个人，每一个处在类似境况里的人。可能有的人情况糟一些，有的人好一点。这就是我们这代人共同的命运。

阿尔贝特说出了那句话：“战争把我们都毁了。”

他说得没错。我们不再是什么少年了。我们也不想征服这个世界了。我们是逃兵。我们想要逃离自己，逃离我们的生活。曾经十八岁的我们刚开始爱上这个世界和生活，却不得不对着它们开枪。落下的第一颗子弹击中了我们的心。我们与积极的实干、与死亡、与进步都绝缘了。我们不再相信那些东西。我们只相信战争。

☮

办公室热闹起来。看来希默尔施托斯向他们打小报告了。快步走在队伍前面的是一个胖胖的中士。真是奇怪，几乎所有在编中士都体型肥硕。

跟在他后面的是渴望复仇的希默尔施托斯。他的靴子在阳光下亮闪闪的。

我们站起身。中士气喘吁吁地问道："恰登在哪儿？"

这当然没人知道。希默尔施托斯恨恨地盯着我们。

"你们肯定知道，只是不想说。快点开口。"

中士看了看四周，在寻找着什么。不过哪里也瞧不见恰登。他换了个思路试了试。"十分钟之后，恰登必须来办公室报到。"他说完就离开了，希默尔施托斯尾随其后。

"我感觉，下次挖战壕的时候，我会把一卷铁丝网丢在希默尔施托斯的腿上。"克罗普预测道。

"我们和他没完，会有很多乐子的。"默勒大笑。我们的雄心壮志是：好好地给邮差上一课。我去营房告知了恰登，好让他避开。然后我们换了个地方，又安坐下来开始打牌。因为我们能做的事情就是：打牌、骂人和打仗。对二十岁的人来说不算太多，又或者，对二十岁的人来说，实在太多。

半个小时后，希默尔施托斯又来了。

没人在意他。他又问起恰登。我们只是耸了耸肩膀。

"你们应该去找找他。"他仍在坚持。

"为什么是'你们'？"克罗普想搞明白。

"喏，你们这几个……"

"不好意思，请您对我们不要使用'你'这样的称呼。"克罗普说话的口气像是个上校。

希默尔施托斯吃了一惊。"谁对你们用'你'相称了？"

"就是您啊！"

"我？"

"是的。"

希默尔施托斯需要消化一下。他怀疑地瞟了一眼克罗普，因为希默尔施托斯拿不准那话是什么意思。不过，他此刻也不敢怎么样，因而转向了我们："你们没有找到他吗？"

克罗普躺到草地上，说道："您上过前线吗？"

"这和您没有半点关系。"希默尔施托斯斩钉截铁地说，"我要求你们做出回答。"

"找了。"克罗普一边回答一边站起了身，"请您看看那边的一小片云，那是高射炮炮弹产生的烟雾，我们昨天就在那儿。五个人死了，八个人受伤。这还只是小打小闹。下次您和我们一起上前线的话，队伍在临死之前还得站到您面前，立正站好，匆忙地问一句：请允许我离开！请允许我死掉！我们在这儿等像您这样的人已经等了很久了。"

说完，克罗普便又坐了下去。而希默尔施托斯则像彗星一样消失了。

"三天禁闭。"卡特给出了自己的猜测。

"下次换我开炮。"我对阿尔贝特说。

不过事情该了结了。晚上集合的时候进行了审讯。办公室里坐着我们的少尉贝尔廷克，我们一个接一个地被叫了进去。

我也得作为证人出席并澄清了恰登叛逆的缘由。治疗遗尿症的故事给大家留下了深刻的印象。希默尔施托斯被叫了进来。我重复了自己的证词。“是这样吗？”贝尔廷克向希默尔施托斯求证。

希默尔施托斯支支吾吾地想要搪塞过去。但当克罗普也给出了同样的说法之后，他只好承认了。

“为什么当时没有人上报此事？”贝尔廷克问道。

我们不说话了。贝尔廷克自己应该知道，在部队里为这样的小事进行申诉有什么意义呢？部队里有过申诉吗？他似乎是明白了过来，先是把希默尔施托斯痛斥了一顿，并且明确地向希默尔施托斯表明，前线不是练兵场。接着更加严厉地对恰登进行了彻头彻尾的说教，罚他被关进小木屋三天。克罗普则因为使了个眼色被罚一天禁闭。

“没有别的办法了。”贝尔廷克遗憾地向克罗普表示。上尉是个头脑清醒的家伙。

关三天小木屋还挺舒服的。禁闭室是之前的一个鸡舍，他们两个在那儿可以接受探视。我们已经掌握了去那里的路。如果是关大禁闭的话就要被带去地下室了。看来有时我们也是会被当成人来对待的。恰登和克罗普坐到铁窗后一个小时，我们就动身去找他们了。恰登模仿了公鸡打鸣以示对我们的欢迎。然后我们就打牌打到了夜里。当然赢家是恰登，这个愚蠢的滑头。

起身离开的时候，卡特问我：“你觉得烤鹅怎么样？”

“不错。”我回答。

我们爬上了一辆运送弹药的卡车，花了两支香烟让他们载了一程。卡特清楚地记着鹅的方位。鹅棚属于某个团的指挥部，就在墙后面，只用一根木桩上了锁。卡特把手递给我，我把脚踩在上面翻过墙。卡特负责在这期间放风。

我稍稍停了几分钟，以便让眼睛适应黑暗。接着，我认出了鹅棚的位置。我蹑手蹑脚地走过去，取下木桩，移走它，然后打开了门。

我看到了两团白色的东西。两只鹅，有些难办：抓一只的话，另一只会叫。所以两只都抓——只要速度够快，就能成功。

我一个跃起，跳了过去。有一只立马被我抓住了，过一会儿第二只也搞定。为了搞晕它们，我疯了似的把两只鹅的头往墙上撞。不过我的力道还不够，这两只畜生昂昂地叫着，用脚和翅膀拼命地拍打着四周。我奋力反抗。但是，天哪，鹅的力气怎么这么大呀！它们在拖着我跑，我被拽得踉踉跄跄，东倒西歪。白色的两团在黑暗中显得尤为骇人。我的手臂被安上了翅膀，我都要担心自己是不是要飞上天了，手里像是抓了几个被拴住的气球。

这时声音也盖不住了。其中一只拼命地喘气，跟个闹钟似的咯咯叫。我还没准备好，就有什么东西从外面摸索着进来了。我被撞了一下，倒在了地上，听到了愤怒的咕噜声——是只狗。

我朝边上看了看，它已经准备扑向我的脖子。我立刻一动不动地躺着，把下巴缩进衣领里。

这是只德国恶犬。过了很长时间它才把头缩回去，在我的旁边蹲了下来。不过，一旦我试图移动身体，它就开始发出咕噜噜的声音。我思考了一下，现在唯一能做的就是拿到我的左轮手枪。我必须在来人之前离开这里。我一厘米一厘米地把手伸向手枪，感觉这得花费好几个小时。稍微一动就一阵危险的咕噜声。我一动不动地躺好，再重新尝试。当我终于碰到手枪时，我的手开始发抖。手按着地面，我想清楚了：举起手枪，在狗扑倒我之前射击，逃走。

我缓缓地吸进一口气，镇静了下来。然后屏住呼吸，抬起手枪。砰的一声，恶犬狂吠着跳到一边。我借机跑出鹅棚，还被一只吓得想要逃跑的鹅绊倒了。我嗖的一下迅速抓住了它，甩开膀子把鹅扔到了墙外，自己也爬了上去。我还没完全翻过去，恶犬已经反应过来，朝我扑来。我赶紧就这么摔下墙去。卡特就站在我前面十步之外，膀子底下夹着鹅。他一看到我出来，我们就撒腿跑开了。

我们终于可以歇口气了。鹅已经杀好了，卡特做事干净利落。我们打算立刻煎了它，以免有人有所察觉。我从营地取来锅和木柴，然后和卡特一起爬进了一间废弃的小木屋。我们经常在这儿干这种事。仅有的一个窗户洞已经被牢牢地糊上。这里有个简易小灶台，也就是几块砖头上搭个铁片。我们开始生火。

卡特拔掉鹅毛后开始烹饪。我们把鹅毛小心地收到一边，打算用来做两个小枕头，上面写上：“在炮火中安睡！”

前线的炮火在我们的庇护所周围嗡嗡作响。跳跃的火光映照在我们脸上，影子在墙上跳舞。有时一声沉闷的轰隆声过后，小木屋就会抖一抖。那是飞机投下的炸弹。有一次我们还听到了压抑的叫喊，看来是某个营地被击中了。飞机嗡嗡地飞过，机关枪嗒嗒的射击声越来越响。不过，从我们这儿不会透出一丝能被人瞧见的亮光。

我们就这样面对面坐着，卡特和我，两个穿着磨得破破烂烂的制服的士兵。我们在煎一只鹅，在午夜时分。我们并没有说太多的话，但是我们都悉心地关照着对方。我想，恋人也不过就是这样。我们是两个人，两团微小的生命之光。屋外是黑夜和死亡的领地。我们就坐在它的边缘，面临着危险，也受到了保护。烤鹅的油滴在了我们的手上。我们的心灵如此靠近。时间就像这间屋子：温柔的火焰跳动着，情绪满满的光影四处摇曳。关于我，他都知道些什么呢；对于他，我又知道些什么呢？此前，我们的想法总是大相径庭，而现在，我们对着一只鹅坐着，感受着我们的存在，彼此如此贴近，甚至都不需要开口言说。

煎烤一只鹅的时间还挺长，虽然这只鹅不老，油脂也多。因此我们轮换着，一个人往鹅身上抹油的时候，另一个就睡觉。令人愉悦的香气渐渐弥漫开来。

外面的声响变成了一个乐队、一个梦，不过并没有完全让人失去记忆。我在半梦半醒间看到卡特举起勺子，放下勺子。我爱他，爱他的肩膀，爱他坐在那儿屈起的轮廓分明的身形——与此同时，我在卡特的身后看见了森林与星星。一个好听的声音在说话，给了我安宁。我，一个士兵，穿着大大的靴子，系着宽松的腰带，带着口粮，小不点似的在高高的天空下，沿着面前的路走着。这个士兵记性很差，很少会感到悲伤，他只是在广袤的夜空下不停地走啊走啊。一个小士兵和一个好听的声音。如果人们去抚摸他，他可能已经不能理解这是什么意思了。穿着大靴子的、内心被磨平的士兵只知道向前走，因为他穿着靴子，什么都忘记了，只记得前进。在天边的不是花朵吗？不是一片宁静得想让他这个士兵哭泣的风景吗？他还没有失去的风景是不是就在那里？因为他从未拥有过它们。但奇怪的是对他来说已经消逝了。那里是不是就是他二十年的人生？

我的脸湿了吗？我在哪里？卡特站在我的面前。他弯下腰形成的巨大阴影像温暖的故乡一样投在我的身上。他轻声地说了什么，微微笑了一下，又回到火堆边去了。

然后他开口道：“做好了。”

“好的，卡特。”

我打了个战儿。屋子中间，烤好的棕色烤鹅正闪着油光。我们拿出自己的折叠叉子和便携小刀，一人割了一只鹅腿，配着黑麦面包吃了起来，面包还被我们蘸上了酱汁。我们吃得很慢，很享受。

“好吃吗，卡特？”

“不错！你感觉呢？”

“好吃，卡特。”

我们是兄弟了，互相把最好的部分推到对方面前。吃完后我抽了一支烟，卡特抽了雪茄。鹅还剩许多。

“卡特，我们给克罗普和恰登带一块儿怎么样？”

“好的。”他回答。然后我们切了一份肉，仔细地用报纸包好。我们原本想把剩下的部分带回营地。但是卡特笑着说道：“恰登。”

我明白过来，我们得把所有的都带着。然后我们动身前往鸡舍叫醒那两人。在那之前，我们还要把鹅毛收拾走。克罗普和恰登一开始还以为我们是幻象，但接着就传来了他们嘎吱的咀嚼声。恰登像拿口琴一样用双手拿着一只鹅翅膀在嘴里啃。他把锅里的油汤都喝得一干二净，咂巴着嘴说道：“我永远也不会忘了你们的！”

我们走回营地。高高的天上又挂着星星，拂晓开始出现。我走在这样的天空下面，一个穿着大靴子、胃里满满的士兵，清晨的一个小士兵——不过，在我旁边是弯着身子、棱角分明的卡特，我的战友！

拂晓中，营地的轮廓像一个黑色的美梦朝我们走来。

06

大家私下里都在说会有一场进攻战。我们比正常情况下提早了两天上前线。在路上，我们经过了一所被炮火击毁的学校。在它的纵墙旁，竖起了一堵由崭新的、明亮的、还没有抛光的棺材组成的两层高墙——至少有一百口棺材。

“为了进攻战，准备得还挺充分。”默勒有些惊讶。

“是给我们准备的。”德特林嗫嚅道。

“别瞎说！”卡特呵斥了他。

“能有口棺材就乐吧。”恰登讥笑，“像你这样的人形靶，他们也就用帐篷布一裹就完事了，小心点吧！”

其他人也在开玩笑，还是些不那么愉快的玩笑。不然我们应该做什么呢？棺材确实是为我们准备的呀。部队也就在这方面算是组织得不错。

到处都是炮弹沸腾的声音。我们在第一晚试着确定自己的方位，找准方向。由于太安静了，我们甚至能听到敌方前线后面运输车辆的声音，持续不断，一直到天亮。卡特说，他们不是在把什么东西运走，而是运来了队伍，士兵、弹药、大炮。

我们立马听出来，英军的火力加强了。农场右侧至少增加了四个中队的20.5厘米口径的火炮，杨树墩儿后面架起了迫击炮。此外，还有大量装着触发式雷管的法国小型炮弹。大家的心情都很沉重。我们在掩体藏了两个小时之后，我方的炮兵把炮打到了这里的战壕。这已经是四个星期以来的第三次了。

如果这是因为瞄准失误，那么大家不会说什么的。但这其实是因为炮筒磨损太严重了。射出的火炮都偏离到了我们这儿，射击经常这样不精准。这个晚上，我们有四个人因此受伤。

前线就是个笼子。人们在里面焦急地等待着将要发生的事。我们在由弹道抛物线形成的网格下躺着，在一切都不确定的压力下活着。偶发之事在我们头上悬而未决。炮弹来时，我就弯下腰，这是我能做的全部事情了。至于这枚炮弹会落在哪里，我既无法准确得知，也无法施加影响。把我们变得冷漠的正是这样纯属偶然的意外事件。几个月前，我坐在一处掩体内打牌。过了一会儿，我站起来去找另一处掩体内的熟人。等我回来的时候，这个掩体已经消失不见，它被严重的炮击摧毁了。我又走回熟人那边的掩体，结果正好赶上帮忙把它挖出来。原来它在此期间被掩埋了。

我被击中也好，能存活下来也罢，都同样纯属偶然。在牢固的掩体里我也有可能被炮弹碾碎，在空旷的平地里经历十个小时的炮击我也有可能毫发无伤地活下来。每个士兵都是因为成百上千的意外活下来的，而每个士兵都相信并且信任这样的意外。

我们得对自己的面包多加留心。自从战壕不再那么井井有条开始，老鼠在最近一段时间也繁殖增多了。德特林宣称，这是即将到来的紧张氛围最明确的先兆。

这里的老鼠尤其令人生厌，因为它们特别大，是被称作尸鼠的那一种。它们长着可怕的、恶毒的、没有皮毛的脸。人们看到它们光秃秃的长尾巴都会觉得恶心。

这群老鼠似乎相当饥饿，它们几乎把每个人的面包都啃了一口。克罗普把面包用帐篷布紧紧地裹起来，然后放到了自己的头底下。然而这样一来，他却没法儿睡觉了，因为老鼠为了接近面包在他的脸上跑来跑去的。德特林以为自己够聪明了。他把一根细铁丝固定在天花板上，然后把面包系在了上面。然而当他晚上打开手电筒的时候，他看到那根细铁丝在荡来荡去，面包上赫然爬着一只肥老鼠。最后，我们做了一个了结。我们仔细地把被老鼠啃过的那部分面包切下来。因为我们绝不能把整块面包都扔掉，不然我们明天就没吃的了。

我们把切下来的面包堆在了地面中央。每个人都拿出自己的铲子，然后躺下做好打老鼠的准备。德特林、克罗普和卡特则准备好了手电筒。

几分钟后，我们听到了第一阵拖着脚爬行的声音。声音越来越大，现在应该是有很多只脚了。这时，手电筒突然亮起，每个人都朝那堆黑黑的、发出吱吱声的东西打去。战绩丰硕。我们把老鼠的残骸铲出了壕沟，然后又开始伏击。我们又成功地进行了几次击打。后来这群动物意识到了什么或者闻到了血腥味，它们不来了。不过地上残留的面包还是在第二天被它们拖走了。隔壁那段壕沟里的老鼠袭击了两只大猫和一只狗，把它们咬死，啃得稀烂。

☮

第二天有伊丹奶酪[1]吃。每个人都分到了差不多有四分之一块。这既是好事，因为伊丹奶酪很好吃，但也是坏事，因为这种黏稠的红球到目前为止都一直是严重困境的先兆。我们的预感越来越强烈，因为还发放了烈酒。我们暂时喝了一点，但事实上却没什么心情。白天我们比赛射杀老鼠，到处闲逛。子弹和手榴弹的储备越来越多。我们亲自检查了刺刀，因为有一些刺刀做得像是锯子一样。如果就这样碰上了对面的敌军，那么这个人肯定要被害死了。我们不断地在隔壁壕沟发现拿着这种锯齿边步枪的人，他们不是鼻子被削掉了，就是眼睛被挖出来了。然后人们用锯木屑堵上了他们的嘴和鼻子，把他们闷死了。

有几个新兵还拿着这种刺刀。我们把它弄走，给他们换上了别的。

不过，刺刀的作用越来越小了。现在流行冲锋的时候只带着手榴弹和铲子向前跑。磨得锋利的铲子是种更轻便、用途更多的武器。人们不仅可以用它撞击敌人下巴以下的部位，主要还可以用它进行击打，力道更足。尤其当击中肩膀与脖颈之间的地方时，用铲子可以轻易地一直割到胸口。而刺刀在刺杀之后往往容易卡住，必须得用力地踩在对方肚子上才能拔出来。而就在这段时间，自己说不定也挨

1　一种味淡色黄的荷兰奶酪，被压缩成球状，外面常涂有红蜡。伊丹是荷兰西部的城镇名称。

了一刀了。而且刺刀时不时地还会断。

夜间，敌方释放了毒气。我们等候着进攻的到来，戴着面具躺好，准备第一个人影出现的时候就把面具摘下来。

天边开始泛灰，破晓了。什么都没发生。阵地那头只有令人头昏脑涨的车轮滚动声。队伍，队伍；卡车，卡车，那边在集合些什么？我们的炮兵一直在向那边开火，但是对面集合的声音没有断过，没有停下。我们脸色疲惫，互相没有正视。

“要和索姆河战役[1]的情况一样了，那时我们遭受了七天七夜的炮火猛攻。”卡特忧郁地说道。自从我们到了这里，卡特就没开过玩笑了。这是个糟糕的信号，因为卡特是个前线老手，有着敏锐的嗅觉。只有恰登为今晚的好伙食和朗姆酒感到开心。他甚至认为我们可以就这样安心地撤回，什么也不会发生。看起来似乎是这样。日子一天天地过去。晚上我坐在坑里放哨，头顶上的火箭炮和照明弹升上去，又降下来。我十分谨慎，绷紧了弦，心脏怦怦地跳。我时不时地看向手表的荧光表盘。指针似乎不愿向前走。睡意渐浓，我的眼皮直打架。我动了动靴子里的脚趾以保持清醒。直到我被换下来也没有发生什么——只有对方阵地的车轮在滚动。我们渐渐安下心来，经常打打斯卡特纸牌或者冒歇尔纸牌[2]。或许我们的运气真的很好吧。

白天的时候，天上挂满了系留气球。这意味着，敌军在这里进攻时也将派上坦克和步兵专用飞机。不过比起这个，我们对谣传的新型喷火器更感兴趣。

1　索姆河战役是一战中规模最大的一次会战。英法两国为突破德军防御并将其击退到法德边境，于1916年7月1日到11月18日期间在法国北部的索姆河区域展开战斗。双方共伤亡130万人，是一战中最惨烈的阵地战。

2　流行于德国和旧奥匈帝国的赌博游戏。

我们在半夜里醒来了。大地在颤，密集的火炮从我们的头顶飞过。我们弯起身子躲在角落里。我们听到了各式口径的炮弹发出的击打声。每个人都抓着自己的东西，过一会儿就要确定一下东西是否都在。掩体在震，夜晚已经变成了一片咆哮与火光。在转瞬即逝的光亮中，我们看到了彼此，带着惨白的脸色和紧咬的嘴唇摇着头。大家都感受着，这些密集的炮弹是如何把战壕的护墙掀起来的，它们是如何把斜坡上的泥土都炸开，把最上面的水泥板都摧毁了。炮弹落在战壕里的时候，我们听到更沉闷、更快速的着弹声，好似怒吼的猛兽在用前爪拍击。到了早晨，一些新兵已经脸色铁青地在吐了。他们还太缺乏历练。

慢慢地，灰色的光线像毛毛雨一样令人反感地洒进坑道，让炮弹着地的火光变得更加惨白。天亮了。现在，炮兵的火力中还掺杂了会爆炸的地雷。这真是最疯狂的击打了。它们所到之处，必定变成大型坟场。

换岗的人走出了战壕，值班的人踉跄着进来，身上全是灰，浑身打着战儿。一个沉默地躺倒在角落里开始吃东西；另一个来自预备役，已经开始在那儿啜泣。他因为炸弹爆炸产生的气压飞出防卫墙两次，什么也没捞着，只得了神经性休克。

新兵们都看向他。这种情绪很容易传染，我们必须警惕。已经有些人的嘴唇开始哆嗦了。还好马上就到白天了。或许上午就会进行进攻。

火力没有减弱。还有炮弹落在了我们的后方。目光所及之处都是飞溅的泥块、铁片。一片宽宽的区域都被扫射了。敌方没有进攻，但是炮弹的轰炸还在继续。我们的耳朵都要渐渐聋了。现在几乎没有人开口说话。

就算说了，也没人能听见。

我们的战壕几乎消失了，许多地方只剩下半米高的围挡。它被枪眼、弹坑和小土堆打穿了。一枚炮弹直接在我们的坑道前面爆炸了，立马天昏地暗。飞溅的泥土把坑道都填平了，我们必须把自己刨出去。一个小时之后，坑道的入口恢复了。我们现在镇定了一些，因为大家都有活儿要干。

我们的连长爬了进来，告诉我们已经有两个掩体被炸没了。新兵们一看见他便平静了许多。连长说，今晚会尽力把食物送来。

这听起来令人宽慰。除了恰登，还没人想到这一方面。现在外面又有什么在迫近了。新兵们在想，如果食物还能送来，说明情况还没那么糟。我们没有打扰他们。其实我们知道，食物与弹药同等重要，所以才必须被送过来。

然而，运送食物的第一次尝试失败了。第二个小分队出发后也不得不折回。最后卡特上阵，可是就连他也不得不一无所获地空着手回来。没人能穿过如此密集的火炮，再细的狗尾巴都不行。

我们把腰带系得更紧了一些，每一小口面包都用了平时三倍的时长进行咀嚼。不过，就算这样也不够吃。我们要饿死了。我把面包边边保存了起来。软和的部分先被我吃了，边边还在粮食袋里，偶尔啃上一小口。

☮

晚上更难熬了。我们不能睡觉，只得呆呆地睁大眼睛盯着前面，半梦半醒地打会儿盹。恰登很遗憾我们把被老鼠咬过的面包浪费在了围捕老鼠身上。我们应该好好地留存着，这样大家现在都有的吃了。水也缺，但还不是特别严重。

快要到早晨但天还没亮的时候发生了一阵骚动。

一群逃窜的老鼠从入口处冲了进来，奔跑着爬上墙。混乱中大家打开手电筒才看清。每个人都尖叫着，咒骂着去打老鼠。这么多个小时的愤怒与绝望得到了发泄。大家的脸都扭曲了，挥舞着臂膀。老鼠们发出尖锐的叫声。我们打得停不下来，甚至有士兵还打到了人。我们的掩体仍旧毫发无损简直是个奇迹。这是目前少数几个还存在的深坑道之一。

一个下士爬了进来，手上拿着面包。还是有三个人成功地在夜里穿过了火线，取回了一些口粮。他们说，火力一直延伸到炮兵阵地，强度没有丝毫减弱。对面从哪里搞来了这么多大炮还是个谜。

我们必须等，必须等。中午的时候发生了我先前就预料到的事，一个新兵发作了。我已经观察他很长时间了，他的牙齿不安地来回摩擦，拳头握紧又放开。这种仓皇的、暴突的眼睛我们见得多了。过去的几个小时，他只是表面上平静了下来。其实他的内心已经坍塌，如同一棵腐烂的树。

现在他站了起来，不惹眼地慢慢穿过坑道，稍做停顿，然后向出口移动。我爬了过去，问道："你想去哪儿？"

"我一会儿就回来。"他回答道，想要从我身边过去。

"再等会儿吧，火力已经弱下来了。"

他仔细侧耳听了一下，眼里清亮了片刻，但接着又像得了狂犬病的狗一样蒙上了一层浑浊。他沉默了，试图把我挤开。"等一下，同志！"我喊道。卡特留意到了。正当这个新兵把我推开时，卡特抓紧了他。我们一起把他扣住了。

他立刻开始咆哮起来："放开我，让我出去，我要从这里出去！"

他什么也听不进去，只顾乱打乱踢，嘴里都是口水，喷出一些话来，都是些被吞了一半、没有意义的话。这是掩体恐惧症发作了。他感觉要在这里窒息了，只感到唯一的本能：从这里出去。如果人们放他出去的话，他就会没有掩护地不知道跑到哪里去。他不是第一例了。

由于他太疯狂，眼睛直翻，我们这样也起不了什么作用。我们必须打醒他，这样他才能恢复理智。我们毫不留情地快速揍了他一顿，成功地让他暂时又安静地坐了下来。在此过程中，其他人的脸都白了。希望这能震慑住他们。这样猛烈的炮火对这群可怜的小家伙来说太过了。他们从新兵营直接来到了如此棘手的险境。这里可是能让老兵也长出白头发的地方啊。

经过这个事件之后，这里污浊的空气更让我们感觉烦躁了。我们好似坐在自己的坟墓里，只等着被埋起来。突然一阵骇人的巨响和火光，我们的掩体被击中了，每个缝隙都在咯吱咯吱响。幸好只是轻微击中，水泥板抵御住了。一阵可怕的金属当啷声，墙也在晃，枪支、钢盔、地面、泥土和灰尘都飞起来了。硫黄浓烟灌了进来。如果我们不是在牢固的地下避弹所，而是在最近新建的那种简易掩体里，那么估计现在已经没人活着了。

不过炮击带来的后果还是很严重。先前那个新兵又在狂吼了，还有两个加入了他。其中一个跑出去了，我们奋力去抓另外两个。我追着其中一个想要逃走的人，在想是不是应该朝他腿上开一枪。这时，外面有什么东西发出尖锐的声音过来了。我赶紧卧倒。等我再站起来的时候，壕沟的墙上已是滚烫的碎片、肉块和制服破布。我爬了回来。

第一个新兵好像真的疯了。人们一放开他，他就像山羊一样用头抵着墙撞。我们必须在晚上试着把他送到阵地后方去。他暂时先被我们绑了起来，不过绑得并不太紧，进攻来袭的时候可以被立即解开。

卡特提议打牌——不然还能做什么呢？或许打牌能让人更放松。然而，这也没什么帮助。我们仔细倾听着每一处离我们较近的着弹点，因此忘记了吃牌或者跟牌。我们不得不放弃打牌。我们像是坐在一只四面都在遭受击打的锅炉里。

又过去一晚。我们现在已经紧张到麻木了。这致命的压力，像是一把锋利的刀要把我们的脊髓刮出来。腿不想站起来了，手在颤抖，身体就是一层薄薄的皮肤，盖在被艰难压抑着的疯狂上面，盖在即将喷发的无止境的咆哮上面。我们已经没有血肉和肌肉了。出于对难以预料的一些事情的恐惧，我们也不再敢看彼此的脸。我们紧紧地抿住嘴唇——都会过去的，都会过去的——也许我们能挺住。

突然，近处的炮击停止了。整个炮火还在继续，但是往后撤了一点。我们的战壕安全了。我们拿起手榴弹，把它们扔到地下掩体的前面，然后跳了出去。敌军密集的炮火已经停止，因为我们后方的掩护炮火起作用了。

敌军开始了进攻。

没人会想到，这片被炸翻了的荒地里还会有人。现在从四周的壕沟里都探出了钢盔。离我们五十米远的地方，一挺机关枪已经架好了，接着便立刻嗒嗒地发射起来。

铁丝网已经被摧毁。但不管怎样，它们还是能拦住一些东西。我们看见敌方的冲锋部队过来了。我们的炮兵开始射击。机关枪嗒嗒地响，步枪砰砰地响。对面的敌军试图冲过来。海埃和克罗普开始扔手榴弹。他们尽可能快速地扔，其他人把引线扯掉后直接递给他俩。海埃能扔六十米远，克罗普可以扔五十米——这已经验证过了，并且很重要。从对面冲过来的敌军在离我们还有三十米远之前其实干不了什么事。

我们看清了那些扭曲的脸和平平的头盔，是些法国人。他们到达了残余的铁丝网那里，已经遭受了明显的伤亡。一小批被我们旁边的机关枪放倒了。接着我方的弹药装填遇到了障碍，他们逼得更近了些。我看见其中的一个掉进了装有铁刺的障碍工事里。他的头抬得高高的，身体沉了下去，手还举着，仿佛在祈祷似的。接着，他的整个身体都落进了工事，只有被射穿的手连着一小段手臂还挂在铁丝网上。

就在我们准备返回的瞬间，三个脑袋从前面的地里冒了出来，其中一只钢盔下是深色的山羊胡子和两只定定地看向我的眼睛。我抬起手，但却无法把手榴弹扔向这双奇特的眼睛。在这个疯狂的瞬间，整个战场像马戏团一样绕着我疾驰而过。唯独这两只眼睛在那里一动不动。接着，眼睛上面出现了一只脑袋。一个手，一个动作，然后我的手榴弹就飞了过去，掉了进去。

我们往回跑，把装了铁刺的障碍栅栏拽进战壕，然后让拉了引线的手榴弹在身后响起，以便我们安全地撤回。隔壁阵地的机关枪一直在开火。

我们变成了危险的兽类。我们不是在斗争，而是在自我防卫，以免被毁灭。我们不是在把手榴弹抛向人类。我们在那个瞬间知道的所有事就是，死亡正从那里张着手、戴着钢盔追赶我们而来。三天以来，我们第一次看清它的脸；三天以来，我们第一次可以为了保护自己而反抗它。我们愤怒得发狂。我们不再是无力地躺在那里，等着上断头台。我们终于可以为了拯救自己，为了报复而进行毁灭、杀戮。

我们在每处角落、每一个铁丝架后面蹲着，在溜走之前朝前来的人脚下扔去一把炸弹。手榴弹炸开的气流有力地撞击着我们的胳膊和大腿。我们像猫一样缩着身体跑开。气流没过了我们，承托着我们。在我看来，它把我们变得残忍，变成拦路抢劫的强盗、变成杀人犯、变成魔鬼。这种气流把我们的力量增强，化作恐惧、愤怒和求生欲，为我们寻求救护并赢得了生存。如果这个时候你的父亲和对面的人一起冲过来，你也会毫不犹豫地把手榴弹扔向他的胸口！

前面的战壕已经被放弃了。那还是战壕吗？它们已经被射穿、粉碎，只剩下依靠走道连接在一起的零星土块、洞眼和一窝窝的弹坑，别的什么也不剩了。不过对面的伤亡更是成堆。他们必定没有料到会遭到如此强烈的反抗。

马上就到中午了。太阳炙热地蒸烤着，汗水蜇得眼睛疼。我们用袖子把汗擦干，有时袖子上还沾有血。第一条保存得比较完好的壕沟出现了。里面已经有人，做好了反冲锋的准备。我们加入了。我方的炮兵正全力开火，阻断了敌军的推进。

我们后方的敌军停滞了，他们无法向前。他们的进攻被我方的炮兵连扯断了。我们伺机而动。炮火朝前了一百米，我们便又突击向前。在我旁边，一个列兵的脑袋被削去了。他又走了几步，然后血从他的脖子里像喷泉一样射出来。并没有出现真正的混战，看来对方已经折回了。我们又到达了之前残余的战壕，然后继续向前走。

噢，天哪，又要掉头回去！好不容易到达了保护性的预留阵地，我们真想爬进去躲起来，但是我们必须转身，再次冲进可怖的前方。如果这一刻的我们不是机器人的话，那么我们会躺着不动，筋疲力尽，没有意志。但我们还是被裹挟着向前，没有意志，只是变得极其疯狂和愤怒。我们想要杀人，因为现在在那里的是我们的死敌，他们的枪口和手榴弹正对准着我们。如果我们不干掉他们，那么他们就会干掉我们。

这片褐色的大地，这片累累裂痕、被炸翻了的褐色的大地，在阳光下油腻腻地微微闪光，我们就在这样的背景下不知疲倦地、昏昏沉沉地如同机器人一般重复着折返，前进，折返，前进。我们的喘息像羽毛在搔弄，嘴唇干裂，脑袋比通宵酗酒之后还要混乱——我们就这样踉踉跄跄地向前跑。这样一幅画面磨人又急切地往我们已经千疮百孔的灵魂里钻：褐色的大地、油腻腻的日光、地上躺着抽搐的士兵和死去的士兵。当我们从他们身上跨过时，他们好像尖叫着，要抓我们的腿似的。

我们已经失去了对所有事物的感知。当别的什么东西进入我们狩猎的视线时，我们连自己都快认不出来了。我们是没有感情的行尸走肉。某种戏法，某种危险的魔法让我们还能继续奔跑和杀人。

一个年轻的法国兵掉队了。他马上就要被我们追上了。他举起双手，但是一只手里还握着手枪——我们不知道，他是想开枪还是想投降——一支铁锹击中了他的脸。另一个法国兵看到了，试图接着逃跑，但是一柄刺刀哧地插进了他的后背。他跳了起来，跳得很高，双臂张开，哀号的嘴巴也张得很大。他跌跌撞撞地跑走了，背上的刺刀一晃一晃的。第三个法国兵扔掉了手里的步枪，蹲下身子，用手捂住了眼睛。我们让他和其他几个被俘的士兵留了下来，好把伤员抬走。

我们在继续追击的过程中突然进入了敌方阵地。

我们在那些逃窜的敌军后面追得如此之紧，以至我们和他们几乎是同时到达了这里。这样我们的伤亡就比较少。一架机关枪在扫射，不过立马就被一颗手榴弹解决了。然而，就这短短的几秒钟，我们还是有五个人腹部中了弹。卡特用枪托把其中一个没有受伤的机枪手的脸打得稀烂。其他几个在把手榴弹扔出来之前就被我们刺死了。然后我们把他们用来冷却机关枪的水一饮而尽。

到处都是钢丝钳绞断铁丝网发出的咔嚓声，搭在障碍物上的木板被我们踩得直扑腾。我们穿过狭窄的入口，跳进了战壕。海埃把铁锹插进了一个身材高大的法国兵的脖颈，并扔出了第一颗手榴弹。我们在一处防卫墙后面蹲着等了几秒钟，然后我们前面笔直的一段战壕就被夷平了。第二颗手榴弹也被斜着扔过了墙角，为我们打开了道路。在经过的时候，我们把团成小球的炸药扔进了地下掩体。大地在震，噼里啪啦的爆炸声，冒烟了，有人在呻吟。我们被黏糊糊的肉块绊倒，被瘫软的身体绊倒。我一脚摔进某个被炸开的肚子里，上面有一顶整洁崭新的军官帽。

战斗中断了。敌人脱离了我们的视线。我们不能在这里逗留太长时间，于是便在我方炮火的掩护下撤回了自己的阵地。我们在离开前还匆匆忙忙地冲进了最近的一个敌军地下掩体，准备拿些罐头走。我们几乎都不知道我们看到的是什么，主要是些罐装腌牛肉和黄油。我们完好地撤回了，对面暂时没有发动下一轮进攻。我们躺了一个多小时，在有人开口说话前，一直喘着气休息。我们如此精疲力竭，以至我们虽然很饿，却没去想那些罐头。直到现在，我们才渐渐地又有了人样。

对面的腌牛肉在整个前线都很出名，甚至有时是我方突袭进攻的主要原因，因为我们的供给整体来说很差。我们总是感到肚子饿。

我们一共抢了五个罐头。对面的那些人吃得真是有营养，对比起我们这群饿鬼的萝卜酱简直奢侈。那边的肉就随处放着，只要自取就行。海埃还意外发现了一块薄薄的法式白面包，把它像铁铲一样塞在了腰带后面。面包的边角上沾了一点血，不过切下来就好了。

我们现在有这么好的东西可以吃真是幸运。我们需要体力。现在，食物和牢固的地下掩体一样珍贵，因此我们对它十分渴求，食物可是可以救我们的命啊！

恰登还缴获了两个装着白兰地的军用水壶。我们挨个儿喝完了它。

☮

傍晚的赐福开始了。夜晚降临，雾气从弹坑里升起来，看上去好似这些坑坑洼洼被鬼魅般的秘密填满了。白色的烟雾恐慌地向四周蔓延开，过了一会儿才爹着胆子漫过了围墙。随后，一条长长的带状物便将弹坑与弹坑连了起来。

夜里很凉。我在岗哨上凝神地盯着暗处。我感到脆弱，每次进攻过后都会如此。因此我感到难以与自己的思绪独处。其实也不是什么真正的思绪，而是突然击中了我的弱点的回忆，让我的心境变得古怪。

伞式照明弹越升越高——我的眼前出现了这样的画面：某个夏日的傍晚，我站在大教堂的十字形回廊里看向小小的回廊花园中央开满玫瑰的灌木丛，大教堂的牧师们就安葬在那里，周围竖立着展现《玫瑰经》[1]内容的石像。没有人在这里——巨大的静谧包围了这块盛

1　天主教徒用于敬礼圣母马利亚的经文。

开的四方形，阳光暖洋洋地洒在灰色的石块上。我把手放了上去，感受到了这份温暖。绿色的教堂钟楼越过石板瓦屋顶的右角伸向傍晚暗淡、柔和的蓝天。在环绕的十字回廊闪光的小柱子之间是教堂特有的、沉静的昏暗。我站在那里，想到二十岁的我将会经历一些让人搞不懂的、与女人相关的事情。

这幅画面离我惊人地近，触碰到了我。紧接着，它在照明弹的火光中溶解了。我抓起枪，摆好姿势。枪管湿了，我用手牢牢地握住它，用手指擦去了水汽。

在我们城市后面的草坪之间，某条小溪边曾经有一排拔地而起的老杨树，从很远的地方都能看见。虽然只有一排，它们还是被称作杨树大道。我们还是孩子的时候就很喜欢那里，它对我们有一种莫名其妙的吸引力。我们整天都待在那里，倾听树叶发出的微弱沙沙声。我们坐在杨树下的溪边，把脚垂进清亮的急流。溪水的纯净芬芳和清风在杨树间奏响的曲调占据了我们的幻想。我们是这样热爱它。过去那些时光的画面再次消失之前，它仍旧能令我心跳加速。

奇怪，所有泛起来的回忆都有两种特质。它们总是极其宁静，这正是它们最有力的地方。即使它们在现实中并非真的如此，它们却给人以这样的感觉。它们是无声的幽灵，通过眼神和手势在与我交流，一言不发，沉默不语——而它们的沉默却让人震颤，迫使我抓紧袖子和步枪，以免自己消逝在这样的分解和诱惑当中。面对这些事物背后的静谧力量，我的身体想要完全舒展，慢慢融化。

它们是如此宁静，是我们不能理解的宁静。因为在前线是没有宁静可言的。前线的魔力覆盖范围如此之广，以至我们从未脱离过它。就算身在后方的仓库和休息营，火炮的嗡嗡声和沉闷的接连爆炸声也始终在耳边挥散不去。我们还从未到过远得足够让我们听不见它们的地方。尤其在过去的这几天，声音已经让人难以忍受。

正是这样的静谧让从前的这些画面没有激起太多的渴望，而更多的是悲伤——一种巨大的、无措的忧郁。这样的画面曾经存在，但是它们将不再回来了。它们消失了，变成了另外一个世界，一个对我们来说已经成为过去的世界。在练兵场上，它们曾激发了我们狂野的反叛欲，那时它们还与我们联系在一起。我们属于它们，它们也属于我们，即使那时的我们已经与它们分开。当我们在朝霞与黑色的树影之间列队前往荒野操练时，它们就在我们的军歌声中浮现出来。它们是一种强烈的回忆，藏在我们心中，又迸发出我们的身体。

但是在这里，在战壕里，我们失去了回忆。回忆不再会从我们内心浮现——我们已经死去。回忆远远地站在天边。它是幻象，是骚扰我们的神秘反光。我们害怕又无望地爱着它。回忆是强烈的，我们的渴望是强烈的——但是我们知道，自己无法得到它。如同期待成为将军一样，这样的回忆也同样只是徒劳。

即使人们把它、把我们少年的风景再还给我们，我们也几乎不知道该如何面对。它们曾经赋予我们的温柔的、神秘的力量无法再生。我们将会待在这样的风景里，在里面游荡。我们会回忆，会爱它，会被它的目光感动。然而，当我们沉思着看着死去战友的照片，一切似乎还和原来的一模一样。这是他的容貌，这是他的脸。我们曾经一起度过的日子在我们的回忆里变成了具有欺骗性的生活。但是，这不是他本人啊。

我们与记忆当中曾经的自己失去了联系。不是因为意识到回忆的美丽和感染力，我们才被其吸引，而是因为这种共有感，这种对万物以及我们生活当中各种事件的感同身受。它将我们与其他一切分隔，让我们觉得父母的世界总是有一些难以理解——因为我们总是温情脉脉地沉醉于它，献身于它。连最细小的事物也能把我们引向通往无尽世界的道路。可能这只是少年时代的特权吧——那时的我们还没有什么范畴的概念，以为哪里都不是尽头。我们渴望着鲜血能随着时间的流逝将我们变为一体。

如今，我们如同游客一般在年少时的风景里游荡。我们被现实驱逐了。我们像商人一样懂得优劣，像屠夫一样知道什么是必需品。我们不再是无忧无虑的了——我们变得冷漠得可怕。我们还能回到那里。不过，我们还能活下去吗？

我们像孩子一样孤独，像老人一样老练。我们粗鲁、悲伤、肤浅——我想，我们迷失了。

☮

我的双手冰凉，浑身皮肤发抖，而今晚的夜算是温暖的。只是雾气有些凉爽，这阴森森的雾气悄悄地靠近我们前面躺着的死者，把他们最后一丝躲藏起来的生命吸干。明天，他们将变得惨白、铁青，血液也将凝固、变黑。

伞式照明弹还在往上升，把冷峻的光投向这片已经石化的土地，上面满是坑洼和冷冷的亮光，如同月球表面。皮肤下面的血液把恐惧和不安带进了我的思想。它们变得虚弱，开始颤抖，它们想要温暖和生命力。没有安慰与幻想的帮助，它们无法从中摆脱出来。它们在赤裸裸的绝望画面前迷惘了。

我听到了饭盒的摩擦声，立马强烈地渴望起热腾腾的食物，食物对我有好处，能让我平静下来。我努力地强迫自己安心等着，直到被替换下来。

我走进地下掩体，找到了一杯薏米。厨师在煮它们的时候加了不少荤油，味道不错。我慢慢地吃着。不过我还是有些沉闷，虽然其他人已经因为炮火的停止而心情晴朗了。

日子一天天过去，每个钟头是那样难以理解又理所当然。进攻和反进攻交替进行。在战壕间的战斗场地上，死人的尸体渐渐地堆成了小山。大多数离得不太远的伤员我们都能带回来。而有的伤员则不得不躺在地上很长时间，我们听到他们慢慢死去。

有一个伤员我们徒劳地找了整整两天。他肯定是趴在地上不能转动身子，不然无法解释我们为什么找不到他。因为只有当人紧紧地贴着地面叫喊时，他的方位才会这么难判断。

他必定受到了极不妙的枪伤。这种伤口尚不足以令身体损伤到让人失去部分知觉的地步，但也不是轻微到抱着还能治愈的意念就能忍得住疼痛的程度。卡特觉得，这个伤兵要不骨盆被击碎了，要不脊柱中弹了。胸口没有受伤，不然他不会有这么大的力气用来叫喊。而如果是受了别的伤，他应该可以活动，我们就能瞧见他了。

他的声音慢慢变得嘶哑。喊叫的声调如此凄厉，听上去像是从四面八方传来似的。第一晚我们有三个人出去找了。当他们以为找准了方向，爬过去时，传来的下一声叫喊又和他们之前听到的在完全不同的位置。

我们一直找到天色拂晓，徒劳而返。

白天，我们用望远镜一寸一寸地搜索了这片地带，什么也没有发现。到了第二天，这个伤兵的声音变小了。人们听得出来，他的唇和嘴已经干巴巴的了。

我们的连长许诺，找到这位伤员的士兵可以优先休假，并额外延长假期三天。这给了我们巨大的动力。不过就算没有这样的承诺，我们还是会尽己所能地去找。因为叫声太瘆人了。卡特和克罗普甚至在下午又去前面找了一次，阿尔贝特的耳垂还被打掉了一个。不过还是白费力气，他们也没有找到他。

伤员叫喊的内容可以听得很明白。一开始，他只是一直在求救；第二晚他肯定是发低烧了，他开始和自己的妻子、孩子们说起话来。我们多次听到了“艾丽泽”这个名字。而到了今天，他只剩哭泣。到了傍晚，叫声逐渐减弱变成了嘶哑的气息。不过，他仍然轻声地呻吟了一个晚上。我们听得清清楚楚，因为风朝着我们战壕的方向在吹。天亮了，当我们以为他早已长眠时，一声从喉咙里发出的残喘传了过来。天气炎热，死去的士兵们就躺在那里，没有下葬。我们没法把他们都拉回来。我们不知道要把他们放到哪里。大炮会埋葬他们。有些人的肚子像气球一样鼓了起来，发出嗞嗞声，还会打嗝儿，晃动，气体在里面咕噜噜地叫。天空很蓝，没有云朵。晚上又变凉爽，热气从土里升腾而上。当风朝我们这里吹来时，一股血腥的污浊气味就会被带过来，浓郁、甜腻得令人作呕。弹坑里的死亡雾气像是氯仿和腐烂物的混合体，令我们恶心、呕吐。

这几天夜里很平静，大家开始收集起炮弹的铜弹带以及法军照明弹的丝绸小伞。至于弹带为什么这么受欢迎，其实没人知道确切的原因。收集人只是声称它们很珍贵。有的人收罗得太多，以至回去的时候被压得走路都摇摇晃晃。

海埃至少说出了一个理由。他想把它们寄给妻子作为长袜松紧带的替代品。对此，弗里斯兰人自然爆发出一阵难以遏制的笑声，他们笑得直拍膝头。真好笑，天哪，海埃，他可真精明。尤其恰登笑得难以自控。他用手拿着最大的一个弹带，一次又一次地把腿穿过去，为了让大家看看弹带还余多少空间。

“海埃，老天，你老婆的腿得，得……”他想得更远了，“你老婆的双腿和屁股得像，像一只大象吧。”

他还不满足。“我想和她玩一次打屁股的游戏[1]，我的老天……”

海埃神采飞扬，因为自己的妻子得到了如此多的认可。他自满又简洁地说道：“她可棒了！”

相比之下，丝绸小伞更加容易利用。依据胸围大小，三四顶小伞就可以制成一件女士衬衫。克罗普和我需要用它当手帕。其他人则把它们都寄回了家。如果那些女人看到我们是冒着怎样的风险弄来这些薄薄的布片，她们肯定会惊恐万分。当恰登沉着万分地试图敲掉一颗哑弹上的弹带时，卡特惊了他一下。换作别人，这玩意儿早就爆炸了。而恰登还是一如既往地走运。

两只蝴蝶在我们壕沟前面嬉戏了一整个上午，是黄翅蝶，它们黄色的翅膀上有红色的斑点。它们是怎么流落到这里的，广袤的周围都不见一株植物和花朵。它们落在一颗头骨的牙齿上休息。和它们一样没有烦恼的是早就习惯了战争的鸟儿们。某天早晨，云雀都在两边前线阵地之间飞来飞去。一年前，我们甚至还观察到了孵蛋的

1 一种古老的集体游戏。一个玩家闭上眼睛或者蒙眼坐着，被另一个玩家打屁股。蒙眼玩家必须猜出是哪个玩家打了他，如果猜错就要继续挨打，直到猜出来为止。被猜中的玩家成为下一个蒙眼的人。

鸟儿，它们的孩子都长大了啊。

没有了老鼠的战壕清净许多。它们到前面去了——我们知道，它们干什么去了。它们变肥了。我们看到一只，就开枪赶走一只。晚上，我们听到对面的车轮声又响起了。白天只是些平常的炮火，这样我们就能够把壕沟修补一下。消遣也有，飞机提供的。每天多场的飞机战斗都有自己的观众。

战斗机招我们喜爱，侦察机像瘟疫一样惹人厌，因为它们会把炮火吸引到我们这里来。它们出现几分钟后，霰弹和榴弹就炸开了。为此我们一天失去了十一个人，其中五个是卫生员。有两个被炸得稀烂，恰登觉得都可以用勺子把他们从壕沟壁上刮下来，放进饭盒安葬了。另外一个的下腹连同腿全部被炸飞了。他就这样上半身靠着壕沟死去了，脸色像柠檬一样黄，络腮胡子间的香烟还发着微光。香烟一直燃着，直到烧到嘴唇处才刺的一声灭了。我们暂时把死掉的人放进了一个大弹坑里。到现在，已经堆了三层了。

☮

突然，炮弹开始再次隆隆作响。我们很快又在无所事事的等待中陷入紧张的呆望。

进攻，反进攻；冲锋，反冲锋——这只是几个词，但它们具体包含了什么呀！我们失去了很多人，大部分是新兵。我们阵地又被塞进了增援，是全新军团中的一个，几乎全是刚招募来的年轻人。他们几乎没接受过训练，在进入战场前只是理论上会操作一些东西。他们虽然知道手榴弹是什么，但却没听说过掩蔽物，关键是他们也判断不出来。地上至少得隆起半米高的土坡，他们才看得到。

虽然增援是必要的，但比起新兵能起到的帮助，他们几乎是给我们带来了更大的麻烦。他们在这片严酷的进攻区域束手无策，像苍蝇一样接连牺牲。如今的阵地战需要知识和经验，人们必须了解这种地带，必须用耳朵听出炮弹的发射、呼啸和后果，必须提前判断，它们从哪里射出，如何散开，人们如何抵御。

而这支年轻的增援分队显然对这一切可以说是一无所知。他们会被擦伤，因为他们几乎分不清霰弹和榴弹的区别。他们被扫射，因为他们担惊受怕地只顾倾听那些不危险的、只会远远落在后方的大口径炮弹发出的呼啸声，而忽略了低矮处喷溅的小型鬼东西发出的尖锐、微弱的嗡嗡声。他们不是四散逃开，而是像羊群一样挤成一团。就连伤员也像兔子一样被飞机射死了。

萝卜似的面孔苍白没有血色，双手可怜地紧紧握成拳，这群可怜的小狗那可悲的勇敢啊！虽然吓得连大声哭喊都不敢，胸口、肚子、手臂和大腿被炸伤了也只是轻轻呜咽着叫妈妈，而且被发现了就立刻止住。尽管如此，他们还是会向前冲，去进攻，这群可怜的、听话的小狗啊！

他们死灰般、长着绒毛的、骨头分明的脸上与夭折孩子那骇人的呆滞表情一模一样。

人们会如鲠在喉，若瞧见他们是如何跳出战壕、向前跑然后阵亡。他们太蠢了，蠢到让人想打他们一顿，然后抱住他们把他们带离这里，这里不是他们该待的地方。他们穿着灰色的上衣、裤子和靴子，但是制服对他们中的大多数人来说都太大了，穿在身上直晃荡；他们的肩膀太窄了，身形太小了，根本没有专门为这种儿童身材制作的制服。

一个老兵能干掉五到十个新兵，一场出其不意的毒气进攻能干倒一群。他们还无法预判出等待他们的是什么。我们发现一处地下掩体里全是蓝色的脸和黑色的嘴唇。还有一处弹坑里的年轻人过早摘掉了面具。他们不知道，毒气在低处聚集的时间最长。当他们看到地面上的人不戴面具了，就把自己的也脱了下来。这时他们吸进的毒气量已经足以烧坏自己的肺，这下他们没救了，只能咯血、窒息直到死去。

在一处壕沟里，我突然瞧见希默尔施托斯就在对面。我们躲在同一处地下掩体里。大家都屏息躺在一起，等待着进攻的号角。

虽然我很激动，但在冲出掩体的时候，脑中还是快速闪过一个念头：我没看到希默尔施托斯。我又快速冲回地下掩体，发现他正躺在一个角落里，身上只有一处枪弹造成的轻微擦伤，却在那里假装是个伤员。他的脸像是被痛打了一顿。他在害怕。他还是个战场新手，但是一想到年轻的增援士兵在外面拼杀，他却在这里，我就怒不可遏。

“出去！”我对着他吼。

他一动不动，嘴唇哆嗦着，小胡子在颤。

“出去！”我又重复了一遍。

他把腿缩了回去，身子紧紧地靠在墙上，像只野狗一样露出牙齿。

我抓住他的手臂，想把他拉起来。他开始嗷嗷地哭叫。我控制不住自己了，双手卡住他的脖子，像摇沙袋一样晃着他，他的脑袋被我摇得荡来荡去。我冲着他的脸高喊道：“你这个无赖，你给我出去！你这个野狗，骗子，你还想躲？”他呆住了。我甩着他的脑袋撞到墙上，“你这个畜生！”我一脚踢在他的肋骨上，“你这头猪！”我把他推了出去，脑袋冲前。

一小拨我们的人正好经过。少尉也在里面。他看到了我们，喊道："向前，向前，跟上，跟上！"这句话起到了我的拳头没达成的作用。希默尔施托斯听到了上级的话，惊醒似的看了看四周，然后跟了上去。

我跟在后面，看着他跳出战壕。他又变回了练兵场上那个果敢的希默尔施托斯。他甚至追上了少尉，远远地跑在前面。

连珠炮火，拦阻射击，掩护炮火，地雷，毒气，坦克，机关枪，手榴弹——只是些词语，只是些词语，但它们涵盖了这个世界的残酷！

我们的脸上结了一层痂，我们的思想已成荒漠，我们累得要死——敌方开始进攻的时候，得用拳头把有些人揍醒，这样他们才能清醒过来，跟上我们。——眼睛发炎了，双手撕裂了，膝盖在流血，手肘也皮开肉绽。

已经过去了几个星期？几个月？还是几年？其实只过去了几天——我们眼看着时间在我们身边消逝，在那些濒死之人没有血色的脸上。我们一勺一勺地把食物灌进身体。我们奔跑，我们投掷，我们射击，我们杀人，我们乱躺在地上，我们虚弱又麻木。而唯一能支撑我们的是那些比我们还要脆弱、还要麻木、还要无助的人。他们用撕裂的眼睛看着我们，好像在看着能够时不时逃脱死神的上帝。

我们在难得平静的有限时间里指导他们。"那里，看到那个摇摇晃晃的头儿没有？那是个被点燃了引线的地雷。它过来了。躺着别动，它到对面去了。但如果它这样过来，就要跑走！地雷是可以躲开的。"

我们教他们竖起耳朵，仔细辨认难以听出来的、小型爆炸物的险恶嗡嗡声。他们得从大口径炮弹的轰炸声中听出这些蚊子叫。我们告诉他们，这些小东西比那些人们早就能听到的大型炮弹危险多了。我们向他们演示如何躲藏可以不让飞机发现；如果被敌方突袭，如何伪装成死人；如何拉掉手榴弹的引线可以保证它在击中目标半秒前爆炸。我们教导他们，碰到带有触发式雷管的炮弹时要火速跳入弹坑；我们展示了如何用一捆手榴弹就能从侧面攻占一条壕沟；我们解释了我方与敌方手榴弹引线燃烧时间的区别；我们告诫他们要留意毒气弹的声响，向他们展示了可以救命的小技巧。他们听得很认真，也很听话，但是到了战场，他们还是往往会因为激动不安而犯错。

海埃·韦斯特许斯被扛走了。他的背被炸开，肺部伴随着每次呼吸都要从伤口里跳出来。我拍了拍他的手。“完了，保罗。”他呻吟了一声，痛得咬住了自己的胳膊。

我们见过缺了脑袋的士兵活了下来，见过少了两只脚的士兵在跑。他们拖着破碎的身体残肢，磕磕绊绊地找到最近的掩体。一个列兵拖着被炸碎的膝盖在身后，靠手爬了两公里；另一个来到包扎处，手里紧紧握着自己的肠子。我们见过没有嘴、没有下巴、没有脸的人。我们找到过一个为了防止流血而亡而用牙齿紧紧咬住胳膊动脉两个小时的士兵。太阳升起，夜晚来临，炮声轰隆，生命走到了尽头。

然而，我们躺着的这一小块皱巴巴的土地抵挡住了敌人的进攻优势，我们只失去了小几百米的阵地。不过，每一米都意味着一位牺牲的士兵。

☮

换防了。卡车将我们拉走。我们沉闷地站着，听到“当心，电线！”的叫声时就蹲下身子。我们当初来这里的时候还是夏天，树木青葱，而现在它们已经是秋天的模样了。夜晚灰蒙蒙的，很潮湿。卡车停下，我们爬了下来，混乱的一小堆人群，就剩下了这么些人。边上暗处站着的一些人在叫团、连的番号。每叫一声，就有一小群人离开，贫瘠稀薄的一小群脏兮兮、没有生气的士兵，极其少的一小群人，而余下的人员数量也同样少得可怜。

有人在叫我们连的番号，能听得出来，是我们的连长。他幸存了下来，一只胳膊缠着绷带。我们连的人都走到了他的面前。我认出了卡特和阿尔贝特，我们站在一起，互相依偎着，凝视着彼此。

我们听到我们连的番号被叫了一次又一次。连长叫了很长时间，可战地医院和弹坑里的人听不见啊。

再一次："二连的人到这里来！"

然后声音弱了一些："没有二连的人了吗？"连长沉默了，用更小的声音问道，"这就是全部的人了？"然后他命令道，"报数！"

灰蒙蒙的早晨。我们出发的时候还是夏天，那时有一百五十个兵。现在我们已经感觉冷了，秋天到了，树叶发出沙沙的声响。大家的声音疲惫地起伏着："一——二——三——四——"数到三十二的时候没有声音了。很长的一段沉默，然后有人问道："还有人吗？"这个声音等了一会儿，接着轻声地说，"集合。"还是停顿了一下，却不得不说下去，"二连。"吃力地，"二连——便步走！"

一小队人，短短的一小队人摸索地走进了清晨，三十二个人。

07

卡车把我们带回了比往常更远的后方，带到了一处战地新兵营。我们将在那里被重新编排。我们连队需要补充一百多人。

在这段时间里，我们不值勤的时候就四处逛逛。两天后，希默尔施托斯找到了我们。自从去了战壕，他那不可一世的自负嘴脸就没了。他提议我们应当和解。对此我是乐意的，因为我看到他帮忙把背部被炸掉的海埃·韦斯特许斯带下了战场。此外，他现在讲话也是相当讲理，所以我们没有拒绝他请我们去食堂的邀请。只有恰登有所疑虑，持保留态度。

不过恰登后来也被征服了，因为希默尔施托斯说，他将接替去度假的炊事员的工作。为了证明自己没有说谎，希默尔施托斯立马掏出了两磅白糖给我们，还额外给了恰登半磅黄油。他甚至还做了安排，让我们在接下来三天被下令去厨房削土豆皮和萝卜皮。而他在那里给我们端上来的食物是无可挑剔的、军官才能享用的美食。

如此，我们暂时又拥有了能让一名士兵幸福的两样东西：美食和安宁。仔细想来，这也算不得什么。几年前，我们对此还不屑一顾。但是现在我们已经很满足了。都是习惯而已，战壕也是。对战壕的习惯让我们似乎很快忘记了它们。前天我们还在炮火中奔跑，今天我们就开始嬉笑，在这里互相打闹，而明天我们又要回到战壕。事实上，我们什么也没有忘记。只要我们还必须待在战场，前线的日子在结束了之后就会被回避，像是石头一样在我们的内心沉下去，因为这些日子太过沉重，无法立刻回想起它们。如果我们去想，它们随即便能弄死我们，因为我已经发现：残酷是可以忍受的，只要人们弯腰屈服；但如果开始思索，它就会把我们杀死。

正如我们向前冲锋时会变成野兽——因为这是唯一能使我们渡过难关的东西——我们安静时就变成了肤浅的爱开玩笑的人以及爱睡觉的懒猪。别的事情我们一点也干不了，这已经成了一种生硬的强迫。不论付出何种代价，我们都想要活下去。我们不能再有那些粉饰和平的情感，这种情感在这里是错误的、无用的。克梅里希死了，海埃·韦斯特许斯就要死了，他们最近得好好费一番工夫才能把汉斯·克拉默的尸体从一摊被直接命中的物体里拼凑出来，马腾斯两条腿都没了，迈尔死了，马克思死了，拜尔死了，黑默林死了，一百二十个人带着枪伤不知道在哪儿躺着。这糟透了，但这和我们还有什么关系呢？我们还活着。如果我们能救他们，那么人们将会看到，不论我们自己是否会丢掉性命，我们都会全力去救。因为只要我们愿意，我们就不会抱怨。我们不是特别恐惧——会有一点害怕死亡。不过这和主观的恐惧不一样，这是生理性的。

但我们的同学们已经死了，我们帮不了他们了。他们已经获得了永久的安宁。谁知道在前面等着我们的是什么呢？我们想要躺倒，想要睡觉，想要大吃，胃能装多少就吃多少，想要灌酒，想要抽烟，以防日子变得无聊。人生很短。

只要我们背过身去不予理会，前线的残酷就会被遗忘。我们用下流、激烈的笑话战胜它。如果有人死了，就叫作“他嗝屁了”。我们就这样调侃一切事物，这能防止我们发疯。只要我们这么做，我们就能抵御。

但是我们没有忘记！战地报纸上有关部队纯真幽默的报道全是胡扯，什么士兵们还没从密集的炮火中撤回就已经开始筹备舞会。我们不是因为幽默才这么做，我们开玩笑是因为不这样我们会垮掉。反正也坚持不了太长时间，玩笑一个月比一个月更苦涩。我明白：所有这些，所有我们还在战场时像石头一样沉淀在我们内心的东西，到了战争结束后都会苏醒。到那时，关于生死的冲突才真正开始。

在前线的这些日子、这些星期和这些年将再次显现，我们死去的伙伴们也将站起来，和我们一同前进。我们的头脑将变得清醒，我们需要一个目标。所以我们要向前行军，身边是我们死去的战友，前线的岁月要被抛在身后：敌人是谁？敌人是谁呢？

这个地区前段时间上演了一部战地戏剧。木板墙上还贴着彩色的宣传海报。克罗普和我睁大了眼睛站在招贴画前。我们搞不懂，这种东西竟然现在还有。海报上画了一位穿着浅色夏季连衣裙的姑娘，臀部上面围着一条红色的漆皮腰带。她一只手撑着栏杆，另一只手拿着一顶草帽。她穿着白色的长统袜和白色的鞋子，一双可爱的高跟搭扣鞋。在她的身后，蓝色的海水闪烁，泛着几朵浪花，海湾从边上明亮地进入了画面。这是一位十分美妙的姑娘，窄窄的鼻子，红色的嘴唇，长长的腿，难以想象的整洁、考究。她肯定一天洗两次澡，指甲下面从来不会有脏东西，至多也就是有点沙滩上的沙子。

她的身边站着一个穿白裤子的男人，蓝色夹克，戴着水手帽。不过我们对他可没那么感兴趣。

木板墙上的姑娘对我们来说就是个奇迹，我们全然忘记了还有这种事物的存在，就连现在我们也几乎不敢相信自己的眼睛。我们绝对有好多年没见过这样的事物了，就连与愉悦、美丽和幸福沾点儿边的东西都没见过。我们激动地感受到，这就是和平，和平一定就是这个样子。

“你看那双轻巧的鞋子，这样行军她一公里也走不了。”我说道。但立刻我就觉得自己很可笑，看到这样一幅图还能想到行军真是愚蠢。

“她有多大？”克罗普问。

我估摸了一下：“最多二十二吧，阿尔贝特。”

“那她就比我们大了。我跟你说，她绝对不超过十七！”

我们突然起了一身鸡皮疙瘩。“阿尔贝特，这样就好办了，你不觉得吗？”

他点了点头。“我家里也有一条白裤子。”

“白裤子。”我说，“不过这样一个姑娘……”

我们互相打量了一下。没什么特别的，每个人都有褪色的、打着补丁的、脏兮兮的制服。和别人一比较，一点希望也没有。

因此我们先把穿白裤子的年轻男人从木板墙上刮了下来，当然是小心翼翼的，以免伤到了那位姑娘。这样也算是迈出了一步。接着克罗普提议：“我们可以先让人把身上的虱子除一除。”

我不是太同意，因为这对衣服没好处，而且两个小时之后身上还是会有虱子。不过再次沉浸在那幅画中之后，我表示了赞同。我甚至想得更进一步："我们还可以看看，能不能搞到一件干净衬衫。"

阿尔贝特不知为什么认为："足衣[1]更好。"

"也许再加上足衣。我们先碰碰运气吧。"

这时雷尔和恰登也溜达过来了。他们看了看宣传画，瞬间谈话就变得十分猥琐。雷尔是我们班第一个与女孩子有过恋情的人，总是讲一些令人激动的小细节。他自得其乐地品味着这幅画，恰登在一旁极力附和。

我们并不反感。不下流的人不是个兵。只不过我们目前心思不在上面，所以克罗普和我走到边上，往除虱子的地方走去，感觉那里就是个精美的男士时尚商店。

我们住宿的房子离运河很近。运河那边有一些被杨树林环绕的池塘——运河那边也有女人。

我们这边房子里的住户都被撤离了，而运河的另一边还时不时地能瞧见居民。晚上，我们去河里游泳，这时有三个女人沿岸边走过来了。她们走得很慢，眼神也不避讳，虽然我们没穿泳裤。

雷尔冲她们叫嚷。她们笑了，停了下来看着我们。为了留住她们的脚步，我们情急地冲她们喊了几句一时能想到的、不连贯的、混乱

1　一种较少使用的、用来裹住脚的布片。主要在穿靴子时使用，可以防止蹭到伤口、提供更多支撑力、吸汗等。

的法语句子。说的都不是什么高雅的内容，不过我们能从哪儿学会这种东西呢？其中有一个瘦高的、深色皮肤的姑娘，她笑起来的时候，牙齿都在闪光。她动作敏捷，短裙晃荡着拍打着她的大腿。虽然河水很冷，但我们还是非常快活，竭力地吸引着她们的注意，不让她们走开。我们试着讲笑话，她们回应了，不过我们却听不懂内容。我们爽朗地笑着，冲她们招手。恰登更加机智。他跑进房子拿了一块黑麦面包，高高地举着它。

这一举动引起了极大的成功。她们冲我们点头，示意我们过去。但是我们不能这么做。我们被禁止踏上对岸的土地，桥上到处都是岗哨，没有证件什么也办不成。因此我们用法语告诉她们，她们可以来我们这里。不过，她们摇着头往桥的方向指了指。她们也没办法过来。

她们掉头了，慢慢地往运河高处走去，不过还是始终沿着河岸。我们游着泳陪着她们。几百米后她们拐了个弯，指了指不远处一座从树林和灌木丛中探出脑袋的房子。雷尔问她们是否住在那里。

她们笑了——是的，那是她们的房子。

我们冲她们喊道："如果没被岗哨发现的话，我们会去找她们。在晚上，就在今晚。"

她们举起双手，摊平放在一起，脸放在上面，闭上了眼睛。她们听懂了！那位瘦长的、深色皮肤的姑娘跳起了舞步。一位金发女子嘁嘁喳喳地说道："面包——好——"

我们兴奋地确认道："我们会把面包带过来的，还有一些其他的好东西。"我们转动着眼珠，用手比画着。雷尔想要说明白"一块香肠"的时候差点儿没被淹死。如果有必要的话，我们能把整个粮食仓库许诺给她们。姑娘们走开了，时不时地还转过身来看看。我们攀着自己这边的河岸，留意着她们是否真的进入了那间房子，因为有可能她们在撒谎。随后我们游了回去。

没有证件是不可能通过那座桥的，因此我们打算晚上游过河去。兴奋攫住了我们不放开，一丁点儿也摆脱不了。我们去了食堂。那里正好有啤酒和某种潘趣酒[1]。我们喝了潘趣酒，开始吹嘘各自的奇妙经历。每个人都对他人的话深信不疑，焦急地等着炫耀一个更厉害的经历。我们的手也没闲着，我们抽了好多支烟，直到克罗普开口：“其实我们还可以给她们带几支烟过去。”然后我们把香烟放进了帽子，保存好。

天空变成了青色，如同一只没有成熟的苹果。我们有四个人，但是只能三个人去：因此我们必须甩掉恰登。我们给他倒了许多朗姆酒和潘趣酒，直到他开始摇摇晃晃，走路不稳。天黑的时候，我们开始往住的地方走，恰登走在中间。我们兴高采烈，洋溢着冒险的兴奋。那个瘦高的深色皮肤姑娘给我，我们已经分配好也约定好了。

恰登倒在草垫子上开始打呼。有一次他醒了过来，奸笑着看着我们，搞得我们吓了一跳，以为他在演戏，分给他的潘趣酒都白费了。但是他随即又倒了下去，继续睡。

我们三个人各自准备好了一整块黑麦面包，把它用报纸包好，此外，我们还包了香烟、三大份我们今晚才领到的肝肠[2]——真是一份像样的礼物。

我们暂时把东西都塞进了靴子里，因为我们得把靴子带上，以免到了对岸踢到铁丝和碎片。由于我们还要游泳，因此也用不着什么其他衣服了，反正天也黑了，到那边也不远。我们手里拎着靴子动身

1 葡萄酒、果汁、香料、糖、茶或水混合的饮料。

2 一种用动物肝脏制作的香肠，通常为牛肠或者猪肠。

了。我们快速地滑入水中，开始仰泳，这样好把放满了东西的靴子放在身上。到了对岸，我们小心地爬上去，把包好的东西拿出来，然后穿上了靴子。我们把包裹夹在手臂底下开始疾速奔跑，就这样湿裸着身子，只套了一双靴子。我们立刻找到了那间房子，它黑乎乎地立在灌木丛中。雷尔被植物的根绊倒了，刮伤了手肘。“没事儿。”他仍旧很开心。

房子的窗户前面有商店。我们绕着屋子转了一圈，试图透过缝隙侦察一下。我们开始不耐烦了。克罗普突然犹豫起来：“如果她们那里现在有个少校在？”

“那我们就逃走。”雷尔冷笑道，“他可以从这里读出我们的番号。”说着拍了拍屁股。

房子的大门是开着的。我们的靴子太吵了。一个房门打开了，灯光透了过来，一个女人受惊地爆发出一声叫喊。我们急忙制止：“嘘，嘘，同志，好朋友[1]。”边说边起誓似的举高手中的包裹。

另外两个现在也出现了。门已经完全打开，灯光照亮了我们的全身。我们被认出来了，她们三个全都因为我们的装扮难以遏制地大笑起来。她们站在门框里笑弯了腰。她们的动作是多么灵巧呀！

“等一下[2]。”她们消失了一会儿后，扔给我们几件可以应急裹身的衣服。然后我们才被允许进门。屋子里亮着一盏小小的灯，里面很温暖，有一丝香水的味道。我们把包裹拆开，把东西递给了她们。她们的眼睛亮了，看得出来，她们很饿。

紧接着，大家都有些尴尬。雷尔做了一个吃饭的手势，气氛又变

1 原文为法语。

2 原文为法语。

得活跃起来。她们取来盘子和刀，开始狼吞虎咽。她们在吃每一片肝肠的时候都要先举起来，举得高高地欣赏一下。我们坐在旁边感到很骄傲。

她们用自己的语言朝我们说了许多——我们听不太懂，但是我们能听出来都是一些友好的话语。也许我们看上去也很显年轻。那个瘦高的、深色皮肤的姑娘抚摸着我的头发，说着法国女人总爱说的话："战争——不幸——贫穷——男孩——[1]"

我紧紧地抓着她的一只胳膊，把我的嘴放进了她的掌心。她用手指包住了我的脸。我的上方就是她令人激动的双眸、柔软的棕色皮肤和红色的嘴唇。她的嘴里说着一些我听不懂的话。这双眼睛我也没太读懂，它诉说的内容比我们来这里时的期待还要多。旁边就有房间。我在起身的时候看了看雷尔，他已经和那位金发姑娘亲密无间，在高声地谈笑了。他对此轻车熟路。而我——我迷失在了某种遥远、轻微又剧烈的东西里，并把自己交给了它。我的愿望是渴求与沉醉的独特混合物。我头晕目眩，这里没有什么可以抓住的东西能用来稳住自己。靴子被我们留在了门口，换上了她们给的拖鞋。这会儿，这里真的没什么能唤回我身为一名士兵的安全感与无所顾虑了：没有枪，没有腰带，没有军服，没有帽子。我就随自己陷落进这种未知当中，管他会发生什么——尽管如此，我还是有些害怕。

这位瘦长的、深色皮肤的姑娘在思考的时候会挑起眉毛，但如果她在说话，眉毛就纹丝不动。有的时候，从她那儿传来的声响并没有形成完整的句子，而是消逝不见或者说了一半就飘过了我。一个弧线，一条小路，一颗彗星。我曾经对此了解多少——我现在又知道多

1　原文为法语。

少？——这些用外语说出来的句子，我几乎一点也不懂。它们令我昏昏欲睡，令我进入一种安静的氛围，屋子里闪着棕色和黄色的微光，只有我上方的面容是生动且清晰的。一张脸可以多么善变啊，一个小时前它还是陌生的，而现在它变得饶有兴致，甚至显露出温柔。这种温柔并不来自这张面孔，而是来自夜色、世界和脸上似乎在发光的血液。屋子里的东西都被这种温柔触碰着，被改变了。它们变得特别。当灯光照在我明亮的皮肤上面，当凉凉的棕色小手抚摸着它时，我甚至对自己的皮肤感到肃然起敬。与部队妓院相比，这里的一切都是那么不同。部队妓院我们是被允许去的，不过那里总是要排很长的队。我不想去想那些，但是它们却不自觉地进入我的脑海。我突然感到害怕，因为也许人们永远也摆脱不了它了。

然而，接下来我感受到了瘦高的、深色皮肤姑娘的嘴唇。我迎了上去。我闭上眼睛，想借此甩掉一切：战争、残酷和卑劣，想要醒来时变得年轻、快乐。我想到了那张宣传画上的姑娘，暂且相信自己的生命就在于得到这样的姑娘。如此一来，我更深地埋进了这双环抱着我的双臂。也许会发生奇迹吧。

☮

不管怎样，我们三个后来又会合了。雷尔十分有魄力。我们愉快地和姑娘们道别，迅速套上鞋子。夜间的空气让我们炽热的身体冷却了下来。杨树高高地插进黑暗之中，发出沙沙的声音。月亮悬在天上，照进运河的水中。我们没有跑，而是并排慢慢地走着。

雷尔说：“这值得一块黑麦面包！”我却不敢这么说，我甚至都没有快乐的感觉。

这时我们听到了脚步声，弯腰躲在了一丛灌木后面。

脚步近了，紧挨着我们走了过去。我们看到了一个赤裸的士兵，穿着靴子，和我们一样。他的手臂下夹着一个包裹，快步向岸上走。原来是急忙赶路的恰登。很快他便消失了。我们大笑起来。

他明天肯定要骂我们。我们悄悄地回到各自的草席上。

我被叫去了办公室。连长给了我度假文书和车票，祝我旅途愉快。我查看了一下自己有几天假期。十七天——十四天休假，三天往返时间。太少了。我问道，自己是否可以有五天的往返时间。贝尔廷克指了指我的文书。这时我才看到，我不用立马返回前线。结束假期后，我需要先到野外营地报到，去接受培训。

其他人都很羡慕我。卡特给了我一些好建议，教我如何尝试搞到一个闲职，“如果你够聪明的话，你就可以留在那儿啦”。其实我更乐意八天后再走，因为我们还将待在这里八天时间，而这里挺好的。我当然得在食堂请大家喝一顿。我们都有些醉了。我有些沮丧。我要离开六个星期，这当然是极大的好事。但当我回来的时候，会是什么样子呢？我还能再见到他们所有人吗？海埃和克梅里希已经不在了——谁会是下一个呢？

我们喝着酒。我把他们一个接一个地看过去：阿尔贝特坐在我旁边抽烟，他很活泼，我们总是待在一起；对面蹲着卡特，他是溜肩，大拇指很宽，声音平稳；默勒牙齿前突，笑起来声音很大；恰登长了一双老鼠似的眼睛；雷尔，他现在蓄了络腮胡子，看起来像是四十岁。

我们头顶烟雾缭绕。没有烟还叫什么兵呢！食堂是我们的庇护所。啤酒不仅是一种饮料，还是一种标志，意味着我们可以安心地舒展四肢。我们也是这么做的，把腿长长地摊了开来。我们惬意地往地上吐着痰，没有比这更好的事情了。反正明天就走了，别人如何看待我们又怎样呢!

晚上我们又去了一趟对岸。我几乎害怕告诉那位瘦高的、深色皮肤的姑娘，我马上就要离开了，当我回来的时候，我们肯定已经去了别的地方，我们不会再见面了。但她只是点了点头，看不出更多情绪。一开始我还没有完全看懂，但是接着我就明白了。雷尔说得对：如果我是去前线的话，她们肯定会说“可怜的男孩[1]”。但是一个要去休假的人——她们并不想了解许多，没那么有趣。和她的叽叽喳喳一起见鬼去吧！人们愿意相信奇迹的存在，事后发觉不过是为了黑麦面包。

第二天一早，我除掉身上的虱子之后就去战地火车站了。阿尔贝特和卡特陪着我。

我们在站台听到广播，离出发还有好几个小时。他们两个得赶回去值勤。我们道了别。

“保重，卡特。阿尔贝特，你也是。”

他们走了，还朝我招了好几次手。他们的身形越来越远。他们的每一个步子、每一个动作我都十分熟悉。直到他们走了很远，我都还能辨认出来。接着，他们消失了。

我坐在背包上，等着。

突然我感到极不耐烦，想要马上出发。

1 原文为法语。

我在一些火车站睡过，在一些食物摊点前站过，还在一些厚木板上蹲过之后，窗外的风景变得令人压抑、害怕，却又熟悉起来。它们从傍晚的窗前滑过，有村庄，那里的茅屋顶像帽子一样深深地盖在粉刷后的木框架房屋上；有庄稼地，像珍珠贝一样在斜阳下闪着微光；有果园、草料棚和老菩提树。站名渐渐变成了会令我心颤的熟悉概念。火车轰轰隆地前进。我站在窗前，紧紧地抓着木制窗框。

这些站名代表了我的少年时代啊。

平坦的草坪、田野和庭院，一架马车孤独地走在路上，背景里的天空与地平线平行相对。在栅栏前面等待的农民，招手的姑娘，在铁路堤坝旁玩耍的孩子，通向乡村的道路，平整的道路，没有炮火。

现在是傍晚。如果火车没有发出轰隆声，我铁定得叫出来。平原铺得很广，在淡淡的蓝色映衬下，远处山体的侧影开始浮现。我认出了多尔本山独特的线条，它参差不齐的山脊在森林的顶端陡然而止。在那后面就是城市了。

现在，金灿灿的红光朦胧地流淌在这个世界，火车叮叮当当地转过一个又一个弯——远处立着一长排又一长排的杨树，不太真实，模糊不清，是光影和思念组合的产物。

火车环绕着杨树在行进，田野似乎也跟着在环绕，然后慢慢地被驶过了。树木间的缝隙越来越小，整片杨树林渐渐变成了一整块。在某个瞬间，整片树林甚至重合为一棵树。不过接着，其他树又随着火车的前进从那棵树后面一棵一棵地冒出来。它们就这样孤零零地立在天边，直到很长时间之后被一批出现的房屋遮挡住。

铁路交叉道口。我站在窗边，无法离开。其他人在收拾自己的物品准备下车。我自顾自地念着火车穿过的街道名称，不来梅街——不来梅街——下面是骑自行车的人、汽车和行人。这是条灰色的街道和灰色的地下通道，它像母亲一样捉住了我。

车停了。带着噪声、喊叫和指示牌的火车站到了。我背上背包，系紧扣子，手握步枪，趔趄着下了车。

我站在月台上环视了一周。这里匆忙行走的人我一个也不认识。一位红十字会的护士想要给我点喝的。我回避了。她傻气地笑着看着我，身上无处不彰显着自己的重要性：站着别动，我得给士兵咖啡喝。她对我说了“同志”，这才是我需要的。火车站前，一条小河在街边潺潺作响，它泛着晶莹的水花从磨坊桥那里的闸口流淌而来。四方形的旧岗楼就在旁边，岗楼前面是一棵彩色的大菩提树，菩提树后面便是夜色了。

我们曾在这里闲坐，经常地——离现在不知多久了；我们曾在桥上走过，吸进被堤坝拦住的水流产生的清凉、腐臭的气味；我们曾俯身看过闸门这一侧平静的水流，看水中绿色的藤蔓植物和藻类挂在桥墩上；我们曾在大热天对闸门另一侧喷溅的泡沫感到兴奋，胡乱地谈论着我们的老师。

我走过这座桥，左看看，右看看。水里依然全是水草，水珠依然划着亮晶晶的弧线从河里飞溅而出——钟楼上的烫衣女工依然和那时一样光着胳膊站在白色的洗涤物前，熨斗的热气从敞开的窗户里涌出来。狗子们慢腾腾地走过狭窄的街道。站在家门前的人们都盯着我看，当我浑身脏兮兮地，背着这么多东西从旁走过时。

我们曾在这家糖果店吃过冰激凌，练习过抽烟。而对于正从我身旁滑过的街道，我简直了如指掌，我熟悉那里的每一座房子，那里的进口商品商店、药店和面包店。接着，我到了一扇门把手已经损坏的棕色屋门前。我感到自己的手沉重得抬不起来。

我打开了门，里面的凉意古怪地朝我扑来，让我的眼睛看不清楚。

脚下的楼梯吱呀响起。楼上有人打开了门，透过楼梯栏杆看过来。被打开的是厨房门，他们正在那里做土豆煎饼，整个屋子里都飘着这种味道。今天恰巧是周日啊。想到正在朝下张望的人可能是我的姐姐，我刹那间有些不好意思，垂下了头。然后我摘下头盔，抬头往上看。没错，正是我的大姐。

“保罗！”她叫起来，“保罗！”

我点点头，背包撞到了栏杆上，我的枪如此重。

她拉开屋里的一扇门，叫道：“妈妈，妈妈，保罗回来了。”我一步也动不了了。“妈妈，妈妈，保罗回来了。”我靠在墙上，攥紧了钢盔和步枪，我尽可能地牢牢握住它们，但是我一步也动不了，楼梯在我眼前模糊起来。我用枪托杵着脚，愤怒地咬紧牙齿。然而我还是无法抵御住我姐姐喊出的这句话，没有什么能抵御得住这句话。我极力地强迫自己微笑，强迫自己开口说点什么，但是我一个字也说不出来。我就这样站在楼梯上，沮丧地、无助地处在可怕的内心危机当中。我不想，但是眼泪止不住地流过我的脸庞。

我的姐姐走了回来，问道：“你怎么了？”

我这才振作精神，磕磕绊绊地走进前厅。我把枪立在屋内的一角，把背包贴着墙放好，钢盔放在背包的上面，拴了好多东西的腰带也要拿下来。然后我有些生气地说道：“还不赶快拿块毛巾来！”

姐姐从柜子里拿出一条毛巾给我，我擦了擦脸。我头顶上方的墙上挂着一个装满了彩色蝴蝶的玻璃箱，这些蝴蝶是我以前收集的。

我听到了母亲的声音，是从卧室传来的。

“她还没起来？”我问姐姐。

“她病了。”姐姐回答。

我走进卧室，把手递给母亲，尽可能地平静地说道：“妈妈，我回来了。”

她躺在半明半暗处，恐惧不安地问道：“你受伤了吗？”我能感觉到，她的眼神将我从上到下扫描了一遍。

“没有，我在休假。”

母亲十分苍白，我都不敢开灯。“现在我只能躺在这里哭。”她说道，“也没法高高兴兴的。”

“你病了吗，妈妈？”我问道。

“我今天得起来一会儿。”她说着话，身子转向了时不时得冲回厨房，以免食物烧焦的姐姐，“把那瓶越橘罐头也打开吧——那个你喜欢吃的，对不对？”她又问起我来。

“是的，妈妈。那个我已经很久没吃到啦。”

“就跟我们提前知道你要回来似的。”姐姐笑道，“正好都是你喜欢的食物，土豆煎饼，现在还加了越橘罐头。”

“今天周六嘛。”我应声道。

“坐到我旁边来。”母亲说。

她看着我。和我的手一比，她的手苍白、虚弱、瘦削。我们就说了几句话。我很感激母亲什么也没有问。我能说什么呢，所有可能的事都已经发生了。我现在完好地走了回来，坐在她的身边。厨房里，我的姐姐正在做晚饭，还唱着歌。

“我亲爱的孩子啊。”母亲小声地说道。

我们家一向感情不外露。活儿又多、烦恼又多的穷人家是不习惯讲究这个的。他们也无法真正理解这种行为。对于自己反正已经知晓的东西，他们并不喜欢多加强调。所以当母亲对我说“亲爱的孩子”时，仿佛是另外一个人在说话。我知道，那瓶越橘罐头肯定是几个月以来唯一的一瓶，她们特地为我留着。就跟她们现在给我的饼干一样，尝起来已经有不新鲜的陈品味道了。她们肯定是某次碰巧得到了一些，然后立马就为我保存了起来。

我坐在母亲的床边，透过窗户能看到对面酒馆的栗子在树上闪着棕黄的光。我缓缓地呼吸着，告诉自己：“你回家了，你回家了。”然而我仍然摆脱不了某种束缚感，我还不能完全适应。我的母亲在这儿，姐姐在这儿，蝴蝶收集箱在这儿，桃花心木钢琴也在这儿，但是，我还没有完全回到这儿，中间还隔着一层纱，还有一步之遥。

所以我又走出房间，把背包拎到床边，把带回来的东西一一拿了出来：卡特帮我搞来的一整块伊丹奶酪、两块黑麦面包、四分之三磅黄油、两盒肝肠、一磅猪油和一小袋米。

“这些你们肯定用得着。”

母亲点点头。“这里食物状况很糟吧？”我询问道。

“是的，没什么吃的。你们那里东西够吃吗？”

我笑了，指了指带回来的这些东西。“现在也不总是有这么多吃的，不过还说得过去。”

姐姐艾尔娜把食物拿走存放了起来。母亲突然紧紧地握住我的手，哽咽地问道：“你那里的情况很糟糕吗，保罗？”

妈妈，我该怎么回答你呢！情况是否糟糕，你问道——妈妈，你啊。——我摇了摇头，回答道：“没有，妈妈，没有那么严重。我们和很多人一起，就没那么严重了。”

“是吗？但是海因里希·布雷德麦尔前不久才来过。他说，那里状况很糟，毒气弹啊，以及其他什么的。”

说这些话的人是我的母亲。她说：毒气弹，以及其他什么。她并不知道自己说的这些东西到底是什么，她只是担心我。我应不应该告诉她，有一次我们找到了三个敌军壕沟，里面的人维持着本来的姿势一动不动，像是被炮弹击中了一样。他们在刚刚待着的防卫墙上、地下掩体里站着或者躺着，面带蓝色，已经死了。

“哎呀，妈妈，说什么呢。”我安慰她，“布雷德麦尔也就这么一说。你不是看到了嘛，我完好无损，还挺健壮的。”

我从母亲发抖的担忧中找回了内心的安定。现在我能够随处走走，谈话聊天以及解释别人的困惑了。我不再害怕世界会突然变得像橡胶一样柔软，血管变得像火棉一样脆弱，以至我要无力地靠在墙上。

母亲想要从床上起来，我也就回到厨房姐姐那儿。“她怎么了？”我问。

姐姐耸了耸肩膀：“她已经在床上躺了好几个月了，但是我们不能写信告诉你。好些个医生来过。有一个说，可能又是癌症吧。”

☮

我去地区指挥部报到。一路上，我漫步穿过大小街道，时不时地有人与我攀谈。我不想逗留太长时间，因为我不愿意说太多话。

当我从营房返回的时候，一个响亮的声音叫住了我。我转过身来，还沉浸在自己的思绪当中，然后我看到面前站着一位少校。他呵斥道：“您不会打招呼吗？”

“对不起，少校先生。”我有些迷茫地说道，“我刚刚没看到您。”

他提高了音量：“您也不会好好说话吗？”

我真想朝他脸上挥一拳，但是我控制住了自己，因为不然我的休假就要泡汤了。我绷紧身子，说道：“我刚刚没有看到少校先生。”

“那请您多加注意！”他气呼呼地吼道，“您叫什么名字？”

我做了回答。

那张红通通的胖脸依旧很愤怒：“哪个部队的？”

我按照规定做了通报。他还是不满足。“您驻地在哪儿？”

可我现在已经受够了，回了一句：“朗马克和比克斯肖特之间。”

“为什么？”他有些困惑地问道。

我向他解释道，我一个小时前休假来到这里。我以为这样就能让他离开。但是我错了。他甚至变得更疯狂：“您以为可以把前线的那一套带到这里来，是吗？不可能！谢天谢地，这里要讲规矩！”他命令我，“退回二十步，前进，前进！”

我内心生着闷气。但是我什么也不能做，我不能违抗他。如果他想，他马上就能把我抓起来。所以我快步退回去，再向前走，在离他还有六米远的地方朝他做了一个明显的敬礼动作，并保持这个姿势，直到走到他身后六米处。

他重新把我叫到身边，然后宽厚地表示，这一次他会法外开恩。我绷紧身子表示感激。“解散！”他命令道。我啪啪几下完成了转身的动作，然后撤离了。

我晚上的兴致因此被败坏了。我回到家，把制服扔到角落里——反正我本来也是这么打算的——从柜子里找出一套平日的普通服装穿上。

我感觉很不习惯，衣服太短了，我在部队里长高了。领带和领结我也不会系，最后还是姐姐帮了我。衣服真轻啊，感觉就像只装了内裤和衬衫。

我看着镜中的自己。样貌很奇怪。镜中有一个被太阳晒得黝黑、有些成熟的坚信礼[1]者正吃惊地望着我。

母亲很高兴我穿上了寻常衣服。这样一来，我在她眼中变得更熟悉了。倒是父亲更希望我穿军装。他还想带着穿军装的我去他朋友们那儿。

不过我拒绝了。

随便什么地方，只要能安静地坐下来就是美好的，比如在兵营对面，离保龄球场不远的酒馆。树叶落在桌子上、地上，不多，是第一批落叶。我面前摆着一杯啤酒。喝酒是在部队里学会的。杯子已经空了一半，我还有几口怡人、凉爽的啤酒。而且只要我想，我还能再点第二杯、第三杯。这里没有集合的口号，没有密集的炮火。老板的孩子们在保龄球场上玩耍，一只狗把它的脑袋枕在了我的膝头。天空是蓝色的，玛格丽特教堂的绿色塔楼从栗子树的叶子之间耸立了出来。

这真好，我喜欢这样。但是我没法忍受人们的问题。唯一不会向我提问的是母亲，而我父亲就不是这样。他希望我能讲一讲战场上的事情，他有一些令我感到既动人又愚蠢的心愿。我与他之间已经没有什么真正的联系了。他希望，我最好能不间断地和他说一些事。

1 一种基督教仪式。根据基督教教义，孩子在一个月时受洗礼，十三岁时受坚信礼。孩子只有被施坚信礼后，才能成为教会正式教徒。

我明白，他并不知道这些事情没法讲，并且我也想让他满意。但是，用文字把这些事情再复述一遍对我来说太危险了。我害怕它们会因此变得巨大无比，难以被克服。当我们清晰地知道战场上正在发生什么的时候，我们又该如何自处呢？

因此我始终局限在跟他讲一些好玩的事情。但他会问我，我有没有和别人近身格斗过。我说没有，然后站起身，打算出去。

然而，出门也没好多少。街上有轨电车的尖锐声音听上去很像袭来的榴弹呼啸，我因此被吓到了好几次之后，有人拍了拍我的肩膀。是我的德语老师，他劈头盖脸地就朝我甩来了人们常问的问题："哪，外面的情况怎么样？可怕，恐怖，不是吗？是的，很可怕，但我们必须坚持住。至少，我听说你们那里的伙食还不错。保罗，你看起来很不错，很强壮。这里的情况当然就糟得多，显而易见，当然也是应该的，永远把最好的东西留给我们的士兵！"他把我拖去了与他经常聚餐的朋友们的桌子。我受到了慷慨的款待，一位校长朝我递过手来，与我握手，说道："您从前线来？那边的情况怎么样？优秀，真优秀，不是吗？"

我解释道："大家都很想回家。"

他哈哈大笑："这我相信！不过，你们首先得把那群法国士兵痛打一顿！您抽烟吗？给，抽一支吧。服务员，请给我们年轻的战士也上一杯啤酒。"

可惜我接过了那支雪茄，因此只好留下来。大家都充满了善意，没法推却。尽管如此，我还是有些懊恼，打算尽快把烟抽完。为了有点事做，我一口气灌下了整杯啤酒。立马就有人为我点了第二杯。人们知道，他们欠一个士兵什么。他们在争辩，我方该吞并哪些地方。挂着铁怀表链的校长想要的最多：整个比利时、法国的煤区和俄罗斯的一大块。他给出了具体的理由说明我们为什么必须拥有这些地方，而且立场坚定，直到其他人最终让步。然后他开始解释，必须从哪里开始突破法国并且时不时地转向我："你们应该用你们一成不变的阵地战再朝前推进一些。把那些家伙都扔出去，然后就和平了。"对此我表示，依据我们的看法，突破是办不到的。对方的后备人员太多。而且战争的实际状况与人们的想象还是不一样的。

他倨傲地表示不赞同，并且向我论证道，我对此事毫无概念。"诚然，会出现个别情况。"他说，"但是最终取决于整体。您不能就这样下定结论。您只看到了您那一小块阵地的情况，因此对全局并不了解。您完成了自己的义务，奉献了自己的生命，值得最高的荣誉——你们每一个人都必须得到铁十字勋章[1]。不过，佛兰德的敌军防线得先突破，然后从上席卷而下。"

他说得直喘粗气，接着抹了下胡子。"必须完全占领，自上而下，一直到巴黎。"我很好奇，他是如何设想这件事的，因此喝下了第三杯啤酒。他立马叫人再上一杯。但是我起身打算离开。他还往我口袋里塞了几支雪茄，友好地拍了拍我的肩头，让我走了。"一切顺利！希望我们能很快听到你们的好消息。"

☮

在我的设想中，假期不应该是这样的，一年之前，它也的确不是这样。可能我才是在此期间发生了改变的那个吧。如今和那时之间

1　普鲁士国王腓特烈·威廉三世建立的德国军事勋章，于1813年首次颁发，曾在拿破仑战争、普法战争、一战、二战中被多次颁发。

横亘着一条鸿沟。那时我还不知道战争是什么，我们还驻扎在比较平静的地段。而如今我发现，我已经变得沧桑了，而我自己却没有意识到。有人会问问题，有人不会，看得出来，他们对于自己的沉默很骄傲。他们往往会用了然于胸的神态表示，这种事是无法谈论的。他们还因此有些自傲。

最好是一个人待着，这样就没人打扰我了，因为大家总是会问到同样的问题：情况到底有多糟，情况到底有多好；有人这样觉得，有人那样觉得——他们也总是很快就谈到一些与自身生活相关的话题。我以前肯定也是这样生活的，但我现在跟它已经失去了联系。

他们和我说得太多了。他们有着担忧、目标、愿望，可我无法像他们那样理解这一切。有时我和他们中的某一个坐在小酒馆里，我试图让他明白，就这么多：静静地坐在这里。他们对此当然表示理解、认同，他们自己也这么觉得，但只是口头上，只是口头上，就是这样——他们能感受到，但始终只感受了一半，他们身心的其他部分还停留在别的事情上。他们被分割开了，没人能用全部的生活感受到它。我自己也说不清楚，我指的到底是什么。

当我看着这样的他们，在房间里、在办公室里、在工作中的他们，我会情不自禁地被吸引。我也希望是其中一员，忘掉战争。但这马上又让我感到厌恶，这太狭隘了，怎么能填满整个生命呢？人们应该把它打碎。当战场的碎片正呼啸而过飞过弹坑的时候，当照明弹正越飞越高的时候，当伤兵正躺在帐篷布上被拉下战场的时候，当我的战友们正弯腰躲在壕沟里的时候，这里怎么可以是这样的呢！——在这里的是另外一群人，一群我无法真正理解的人，一群我既嫉妒又鄙视的人。我不得不去想卡特、阿尔贝特、默勒和恰登，他们在干什么呢？也许他们正在食堂坐着或者正在游泳——很快，他们又得回前线了。

我房间的桌子后面有一张棕色的皮沙发。我坐了过去。

墙上有许多用图钉固定的图片，都是我以前从杂志上剪下来的。里面也有一些我喜欢的明信片和绘画。房间的角落里有一个小小的铁炉子，对面墙的前面立着放着书的架子。

在当兵之前，我就住在这个房间里。这些书还是我用给别人教课的钱一点一点买回来的，里面不少旧书，比如所有的经典作品。一册书要一马克二十分，装帧用的是蓝色的硬亚麻布。我把它们全部买回来了，因为我很周密，不信任出版商的选集作品，谁知道他们挑选的是不是最好的。因此我把“全集”都买回来了。我孜孜不倦地开始阅读，但是其中的大多数我都不是很中意。我更欣赏现代一些的书籍，当然它们的价格也更好。里面有几本不是我诚实地买回来的。我把它们借出来，然后没有还，因为我不想与它们分离。

架子的某一格放满了教材。它们保存得不是很好，被翻阅得破破烂烂，有些书页被撕了下来，大家都知道被拿去干什么了。教材的下面是些本子、纸张和夹着的书信、绘图以及草稿。

我想重回旧日的时光。它还在这间屋子里，我立马就感受到了，四面墙把它保存了起来。我把手放到沙发的扶手上，调整了一个舒适的坐姿，把腿抬高，这样我就舒舒服服地坐进了沙发的一角，坐在沙发的怀抱里。小窗开着，外面是熟悉的街道景象，尽头是高耸的教堂塔楼。桌上放着几枝花，羽毛钢笔、铅笔、用来当作镇尺的贝壳、墨水瓶——这里的一切都没变。

如果我幸运的话，当战争结束我回到家里的时候，这样的一切还会是这个样子。我还会坐在这里，看着自己的房间，等待着。我的心情有些激动，但是我不想这样，因为这是不对的。我想再一次感受这种宁静的陶醉，这种强烈的、无法言说的渴望，就像从前我走到这些书前感受到的那样。从彩色书脊中升起的愿望之风将再次俘获我，它将融化深藏在我内心某处死寂、沉重的铅块，它将唤醒我对未来急切的渴望、对思想世界轻快的愉悦——它将把我丢失的、少年时期的活力带回我的身边。

我坐着，等着。

我突然想起还得去克梅里希母亲那里　　我还可以去看望米特尔施泰德，他应该在营地。我向窗外望去，阳光照耀下的街景后面朦胧地出现了一个模糊的小土堆，它变化成了某一个明亮的秋日场景：我坐在火堆边，和卡特还有阿尔贝特一起吃着带皮的烤土豆。

不过我不愿想起这些，我把它从脑中擦去。这间屋子应当开口说话，它应该捕捉我、承载我。我希望能感觉到自己属于这里，我仔细倾听着。这样一来，当我再次回到前线的时候就能知道：战争让人陷落、让人溺毙。而当故乡的浪潮到来时，战争就过去了，它无法再撕碎我们。除了外在的暴力，它不再拥有统治我们的其他权力！

书脊一个挨一个地立着。我还认得它们，还回忆得起，我是如何排序的。我用双眼向它们请求：和我说说话吧——接纳我吧——接纳我吧，从前的生活啊——从前无忧无虑、美好的生活啊——接纳我吧——我等啊等，等啊等。

眼前闪过一幅幅画面，它们无法定住，只是些影子和回忆。

什么也没有——什么也没有。

我的不安开始扩大。

一种可怕的陌生感突然在我的心中升起。我回不去了，我被排除在外了。尽管我如此地恳求着、努力着，但还是无济于事。我冷漠、悲伤地坐在那里，像是一个被审判的人，过去已经离我远去。同时，我又害怕把过去招至眼前，因为我不知道之后会发生什么。我是一个士兵，这点必须牢记。

我疲惫地站起身，看向窗外。然后我拿起一本书，翻开它，想要阅读。但我又把它放下了，拿起了另一本，里面是些被标记的段落。我寻找着、翻阅着，拿起一本又一本书，很快我旁边的书就堆成了一摞，还有别的一些东西——报纸、本子和书信。我沉默地站在那里，像站在法庭上，没有勇气。句子、句子，都是些句子——它们没有触碰到我。我慢慢地又把书放回架子上。都过去了。我一言不发地走出房间。

☮

我还没有放弃。虽然我不再踏进自己的房间，但是我安慰自己，这十几天的假期不意味着结束。我以后、未来还有很多年的时间。我先去营地看望了米特尔施泰德。我们坐在他的办公室里，那里有一种我不喜欢但是已经习惯了的气味。米特尔施泰德告诉我，坎托雷克被征召为战时后备军了。“你想想看，”他一边说话，一边掏出几支上等雪茄，“我从军医院来到这里的时候立马就碰到了他。他朝我伸出爪子，嘎嘎叫道：‘看啊，这不是米特尔施泰德嘛，还好吗？’我难以置信地看了看他，回答道：‘后备军坎托雷克，公是公，私是私，这您应该知道得最清楚。当您和上级说话的时候，请端正姿势。’你真应该看看当时他那张脸！像个酸黄瓜，又像个爆发不了的哑弹。他迟疑着试图再一次讨好我。然而我呵斥得更严厉了。接着他用上了自己最厉害的撒手锏，亲密地问道：‘我是不是应该通知您，您将要参加特考？’他想提醒我，你懂的。一阵愤怒涌上我的心头，我也提醒了他一下。‘后备军坎托雷克，两年前您鼓动我们去地区司令部参军，其中有一个名叫约瑟夫·贝姆的学生，他其实并不想去。他在应当被征召入伍前三个月牺牲了。如果不是您的话，他本可以再等三个月。现在，解散！我们还会谈一谈的。’我轻易地就让自己分配到了他的连队。我到那里的第一件事就是把他叫到军需储藏间，给他弄了套很不错的装备。你马上就能看到了。”

我们走到院子里。连队已经集合完毕。米特尔施泰德让大家活动放松一下，并在一旁观察。

这时我看到了坎托雷克，差点儿没忍住笑。他穿着一件直到膝盖的长上衣，蓝色的布料已经褪色了，背部和袖子上还有深色的大块补丁，这件上衣原本肯定属于某位身材高大的巨人。与之相对，那条破破烂烂的黑裤子则十分短小，只能遮住半个小腿肚。坎托雷克脚上的鞋子很大，是一双硬邦邦的、陈旧的破鞋，鞋头弯弯地翘起，两边还有绑带。而帽子则又太小，一顶脏兮兮的、可怜的军帽。他给人的整体印象简直令人同情。米特尔施泰德停在他的面前：“后备军坎托雷克，扣子上是灰尘吗？您好像永远也学不会啊。还不够，坎托雷克，还不够。”

我在心里笑出了声。坎托雷克以前在学校里就是这样教训米特尔施泰德的，声调都一模一样：“还不够，米特尔施泰德，还不够。”

米特尔施泰德继续指责道：“您看看伯特歇尔，他是个榜样，您可以向他学习。”

我几乎不敢相信自己的眼睛。伯特歇尔也在，我们学校的门卫。他是个榜样！坎托雷克朝我扫了一眼，仿佛要把我吃掉。而我只是无害地冲着这副嘴脸冷笑了一下，仿佛我完全不认识他了。

戴着这顶帽子，穿着这身制服的坎托雷克看上去实在太蠢了！而这个玩意儿以前端坐在讲台前讲授不规则的法语动词时，会用铅笔戳学生，那时我们对他害怕极了。而他教的那些动词我们事后在法国一点也没用上。从那时到现在已经过去两年了啊——现在站在这里的是后备军坎托雷克，突然被夺去了法力的坎托雷克，他曲着膝盖和手臂，像锅的把手，纽扣上有脏脏的泥灰，姿势也很可笑，想不出来哪个兵会是这副模样。我再也没法把眼前的他与讲台上那个散发着威胁的形象联系在一起。我真的很好奇，如果这个可怜鬼再问起我这个老兵“博伊默，请说出‘aller’这个词的未完成时形式”时，我该怎么做。

米特尔施泰德先让大家练习了散兵队形。坎托雷克被他大方地任命为队长。

这种练习的情况很特殊，因为队长在成散兵队形的时候始终都要领先小组二十步的距离。比如当命令“掉头——前进！”时，队列里的兵只需要转个身，而原本领先队列二十步的队长现在就变成落后队列二十步了。因此他必须快速向前跑，直到再次领先小组二十步。加起来一共就是四十步：前进，前进。坎托雷克还没来得及到位，下一句“掉头——前进！”的命令就来了。他不得不急急忙忙地再跑四十步到另一侧。这样一来，队列始终只需要舒服地转个身，走几步，而队长则像在窗帘开合杆上放屁一样跑来跑去。这一套是希默尔施托斯众多有效的整人手段中的一种。

坎托雷克是指望不上米特尔施泰德什么了，因为他曾经搞砸过米特尔施泰德的一次升级调动。如果米特尔施泰德在去战场之前不借此好好发挥一下，那他就太蠢了。如果部队能给人这样一个报复的好机会，那么也许牺牲会变得容易一些吧。坎托雷克像受惊的野猪一样来回奔跑着。一会儿后，米特尔施泰德结束了散兵队形训练，开始了另一项重要的练习：爬行。坎托雷克用膝盖和手肘着地，并按照规定抓牢枪支，拖着他那壮观的身子爬过沙土。他紧挨着我们爬过去了，我们听到他剧烈的喘息声，像音乐似的。

米特尔施泰德引用了原来高级教帅坎托雷克的话来鼓励现在的后备军坎托雷克："后备军坎托雷克，我们幸运地生活在一个伟大的时代。我们必须团结起来，克服艰难。"坎托雷克把嵌在牙里的一小块脏木屑吐了出来，浑身大汗。米特尔施泰德俯下身来，恳请地劝诫道："即使在小事方面也别忘了伟大的事业，后备军坎托雷克！"

我很诧异坎托雷克竟然没有气到爆炸，尤其是在接下来的体操训练当中，米特尔施泰德完美复制了坎托雷克当年的做法。他在坎托雷克做单杠引体向上的时候抓住了坎托雷克的裤裆，如此一来，坎托雷克只能吃力地将下巴伸到横杠之上，而且还要汗流浃背地听着米特尔施泰德的说教。坎托雷克以前就是这么折磨米特尔施泰德的。

体操训练之后又分配了新任务。"坎托雷克和伯特歇尔去取面包！带上手推车吧！"

几分钟后两人推着车出发了。坎托雷克愤恨地垂着脑袋。而守门人伯特歇尔则很骄傲，因为他领到了轻松的活儿。

面包厂在城市的另一头。他们两人来回都得穿过整座城市。

"这个活儿他们已经干了几天了。"米特尔施泰德冷笑道，"已经有人在等看他们了。"

"真棒。"我说道，"但是他还没有抱怨？"

“已经试过了！我们司令听到坎托雷克汇报这件事的时候笑得合不拢嘴。他才不会同情教书匠，而且我和司令女儿在恋爱呢。”

“他会弄砸你的特考的。”

“我才不在乎。”米特尔施泰德很淡定，“而且他的抱怨起不了什么作用，因为我能够证明他得到的工作通常都很轻松。”

“你不能好好地练一练他吗？”我问。

“我觉得他太蠢了，不够格。”米特尔施泰德庄重又宽厚地回答道。

☮

休假是什么？一种动荡，把之后的所有一切都变得更加艰难，现在已经开始掺杂一丝离别的情绪了。母亲沉默地望着我——我知道，她在默数着剩余的天数——每天早晨她都格外难过。又少一天。她把我的背包收起来了，她不愿被这个东西提醒。沉思的时候，时间总是过得很快。我振作起来，陪了陪我的姐姐。她打算去屠宰场买几磅骨头回家。这是极大的优待。人们一大早就站在那里排队候着了，有的人都晕了过去。

我们运气不好。就在我们轮流站了三个小时之后，队伍突然散开了。骨头已经卖完。

幸运的是我领到了我的供给，我可以拿一些给我的母亲，这样我们都有还算不错的食物了。

日子越来越沉重，母亲的眼神越来越悲伤。还有四天。我得去见见克梅里希的妈妈了。

无法用文字记录的场景。这位颤抖着不停啜泣的妇人摇晃着我的身体，朝我吼道："为什么你还活着，而他却死了！"她泪流满面地喊道，"为什么你们还在啊，孩子们，你们怎么能……"她跌坐进椅子里，哭泣着，"你看到他了吗？你后来还见过他吗？他怎么死的？"

我告诉她，克梅里希心脏中了一枪，立刻就牺牲了。她看着我，表示怀疑："你撒谎。我知道得比你清楚。我能感觉到他死得多么痛苦。我听到了他的声音，我在晚上感觉到了他的恐惧——告诉我真相，我想知道，我必须知道。"

"不是您想的那样。当时我就在他旁边，他中枪后立刻就牺牲了。"

她轻声地请求着："告诉我。你必须告诉我。我明白，你这么说是为了安慰我。但你难道看不出来，比起告诉我真相，这样只会让我更痛苦吗？我无法承受这种不确定，不管当时的情况到底有多残忍，请告诉我吧，这总比让我一个人乱想要好得多。"

除非她把我剁成肉泥，不然我是不会告诉她的。我很同情她，但她在我看来也有些愚蠢。她应当知足。不管她知不知道实情，克梅里希都已经死了。如果一个人已经见过太多的死亡，那么他是无法真正理解这种为了其中某一人而感到的极度悲伤的。我有点不耐烦了："他立刻就死了，他甚至都没感觉到。他的脸色很平静。"

老妇人沉默了。然后她缓缓地问道："你发誓？"

"我发誓。"

"向所有你认为神圣的东西起誓？"

天哪，我认为神圣的东西——这种东西我们经常抛弃的。

“是的，我向所有神圣的东西起誓，他立刻就死了。”

“如果这不是真的，你愿意自己不再回来吗？”

“如果他不是立刻就死了，我愿意不再回来。”

我也不知道该说什么才好。不过她似乎已经相信了。她又悲叹、哭泣了很长时间。我向她讲述了当时的情况，编造了一个我自己几乎都深信不疑的故事。

离开的时候，老妇人亲吻了我并赠送了我一张克梅里希的照片。照片里的他穿着新兵制服靠在一张圆桌上，桌腿是用带皮的桦树枝做成的。后面是一片被画成背景的树林。桌上放着一只啤酒杯。

☮

这是在家的最后一晚了。大家都很沉默。我早早地上了床，手抓着枕头，把它按在脸上，并把脑袋深深地埋了进去。天知道，我还能不能再次躺在羽绒被里！

晚一些的时候，母亲又来到我的房间。她以为我睡着了，但我只是假装在睡——聊天或者醒着面对面太难了。

她几乎一直坐到了早晨，虽然她身体很疼，有的时候不得不佝偻着。我终于忍受不了了，假装自己刚从睡梦中醒来。

“去睡觉吧，妈妈。在这里你会感冒的。”

她回应道：“我以后有的是时间睡。”

我坐起身子。“妈妈，我不用立刻回前线，我还要先在临时营房待四个星期，说不定周日还能回家一趟。”

母亲沉默着，然后她轻轻地开口问道：“你会感到很害怕吗？”

“不会，妈妈。”

“我还想跟你说：当心那些法国女人，她们很坏。”

啊，母亲，母亲！对你来说，我是个孩子——为什么我不能把头靠进你的怀里哭泣？为什么我总得扮演更坚强、更镇定的那一个？我也想流泪，也想被安慰，我的确也不比一个孩子成熟多少。衣柜里还挂着我短小的童裤呢——那也不过是不久之前的事，为什么如今竟已过去了呢？

我尽可能地平静地回应道：“我们驻扎的地方没有女人，妈妈。”

“并且在战场一定要非常非常小心啊，保罗。”

啊，母亲，母亲！为什么我不能拥抱你，然后一起死去？我们是多么可怜的人啊！

“好的，妈妈，我会的。”

“我会每天为你祈祷的，保罗。”

啊，母亲，母亲！让我们站起来，一起走开，回到从前，直到这一切苦难不再压迫着我们，回到只有你和我的地方，母亲！

“也许你能获得一个不是那么危险的差使。”

“是的，妈妈。也许我会被分配到厨房，这很有可能。”

“那你一定要接受它，不管别人怎么说。”

“我不会在意别人的话的，妈妈。”

母亲发出了一声叹息。她的脸就像昏暗中的一团白光。

“你现在得去睡觉了，妈妈。”

母亲没有回应。我起床把自己的被子盖在了她的肩上。她整个人靠着我的手臂，她的身子开始疼了。因此我把母亲送回她的房间，并在她那里又待了一会儿。“妈妈，你也得保持健康，等着我回来。”

“是的，是的，我的孩子。”

“你们不准把自己的东西寄给我，妈妈。我们在战场有足够的吃的。你们才更需要这些东西。”

母亲可怜地躺在床上。我的母亲，爱我胜过其他一切。正当我准备离开的时候，母亲突然慌张地说：“我还为你弄到了两条衬裤，好羊毛做的，很保暖。你别忘了放进背包里。”

啊，母亲！我知道，你为了这两件内裤站了多长时间，跑了多长时间，求了多少人！啊，母亲，母亲，要我离开你简直不可理喻，你比任何人都有权利拥有我！现在，我坐在这里，你躺在那里，我们有许多话要对彼此说，但是我们却永远也不能够！

“晚安，妈妈。”

“晚安，我的孩子。”

房间很暗。母亲的呼吸在房间里一起一伏，中间还夹杂着时钟的嘀嗒声。窗外刮着风，栗子树沙沙作响。

我走过前厅时被自己的背包绊了一下。背包已经被收拾好放在那里了，因为我明天一大早就得出发。

我咬住枕头，紧紧地握住床的铁架子。我不应该回来的。在战场上，我是冷漠的，时常是不抱希望的，而现在我再也回不到那种状态了。曾经的我是个战士，而现在的我只为自己，为我的母亲，为所有绝望的、看不到尽头的事情感到悲伤。我不应该休假的。

08

荒草野营地的这片兵房我还记得。希默尔施托斯就是在这里教训恰登的。除此以外，我在这里几乎不认识什么人。一切都变了，这是常态。只有几个人是我以前匆忙打过照面的。

我机械地执行着自己的日常任务，晚上几乎总待在士兵之家。那里陈列着许多报纸，但我没有读过。不过我很喜欢弹奏放在那里的一架钢琴。那里有两位女服务员，其中一个很年轻。营地四周都被高高的铁丝栅栏围了起来。如果我们很晚才从士兵之家回去，就得搞到通行证。不过如果与岗哨交好，也可以就这么爬进去。

我们每天在荒野里的刺柏丛与桦树林之间进行连队操练。这也不是不能忍受，反正我们也别无所求。我们向前跑，然后卧倒，手臂压弯了荒野上的花花草草。从紧贴地面的视角看去，透亮的沙子纯净得像是一间实验室，由许多极细小的石子构成。奇怪的是，这样的沙子具有让人想把手埋进去的诱惑力。不过，最美的还是桦树林，每看一眼，它都会变换色彩。这会儿，树干在一片亮眼的白色中闪烁，而在树干与树干之间顺滑、轻盈地飘动着淡绿色叶子。而在下一刻，这一切又都变换成了一片发着乳白色光的蓝色，银光闪闪地从边上照过来，轻轻地擦去了叶子的绿色；然而当云遮住太阳时，这片蓝色很快又从某处开始越变越深，几乎变成了黑色。云朵的影子如同幽灵一般拂过此时变得惨白的树干，继续向前拂过荒野，直到天边。与此同时，桦树已经如同节日的旗帜重新挺着白色的树干立在那里，逐渐染上秋色的叶子构成了火红、金黄的熊熊背景。

我时常沉醉于这种由最轻柔的光和透明的影带来的游戏。我是如此沉醉其中，以至几乎忽略了口令。独自一人的时候，人们就开始观察自然、爱上自然。而我在这里恰巧没有许多熟人，我也不想与人有过多的联系。大家互相都不太熟，也就局限于一起闲聊、晚上玩玩十七与四的纸牌游戏[1]或者冒歇尔纸牌。

我们的军营旁边有一个很大的俄国人战俘营，虽然与我们之间有一道分隔的铁丝网，但是那些战俘还是能想办法跑来我们这边。他们看上去又害羞又胆战心惊，大部分都蓄着胡子，身材高大，这让他们看上去像是挨揍的圣伯纳犬。

他们蹑手蹑脚地绕着我们的营地转一圈，每个垃圾桶都要仔细地检查一遍。人们几乎想象不出他们能在里面找到些什么。我们自己的伙食已经很紧缺了，而且还很糟。就是些大头菜，被切成六份，然后用水煮煮；还有些脏脏的胡萝卜缨子。带黑斑的土豆已经是不错的美味了。最好的是稀薄的米汤，里面据说有切得极小的牛肉丝儿。不过牛肉实在是切得太小了，已经找不到了。

尽管如此，东西还是被吃得干干净净。如果真的有人富足到吃不完自己的那一份，自然有其他十个士兵帮他把剩下的解决掉。只有

1 源于18世纪法国纸牌游戏的一种纸牌玩法，玩家需要借助两张及两张以上的牌赢得无限接近21的数值，但同时不能超过21。

连勺子也舀不上来的残余才会被冲掉倒进垃圾桶。此外，桶里偶尔还会有几片大头菜皮、发霉的面包皮以及各种脏东西。

而这稀薄、浑浊又脏兮兮的汤水正是俘虏们寻找的目标。他们贪婪地把汤水从臭烘烘的桶里舀出来，然后藏在上衣下带走。

如此近距离观察敌人的感觉很奇特。他们的脸让人沉思，那是善良的、农民般的脸庞，宽宽的额头，宽宽的鼻子，宽厚的嘴唇，宽阔的手掌，浓密的头发。人们应当让他们去采摘、收割和摘苹果。他们看上去比我们弗里斯兰的农民还要和善呢。

看着他们的动作，看着他们讨饭，是件令人悲伤的事。他们每一个人都很虚弱，毕竟他们得到的食物分量也不过让他们免于饿死。就连我们也好久没有吃饱过了。他们得了痢疾，其中有的人带着怯生生的眼神偷偷地把带血的衬衫一角拉出来给人看。他们的颈背佝偻着，膝盖弯曲着，斜着脑袋从下往上看，他们就这样伸出手乞讨，用他们仅会的几个德语单词乞讨——这柔软、低沉的嗓音就好像温暖的烤炉和家里的房间。

有的士兵会给他们一脚，他们随即摔倒在地——不过只有少数人会这么做。大部分士兵不会理会他们，只会径直从他们身边走过。偶尔，当他们实在太可怜时，人们会莫名感到愤怒，然后踢他们一脚。他们就只是这样看着你——在这两小块小小的地方蕴含着多大的悲伤啊，两小块用拇指就能遮住的地方：眼睛。

晚上，他们会来兵房做买卖。他们把自己有的物品全拿出来交换面包了。有的时候他们能达成交易，因为他们的靴子质量很好，而我们的靴子太烂。他们的高筒靴皮质柔软得出奇，像是俄罗斯小牛皮革。我们中农民的儿子能收到家里人寄来的食物，他们买得起这种好靴子。一双靴子的价格大概是两到三块黑麦面包或者一块黑麦面包加一小段硬硬的瘦肉香肠。

不过，几乎所有俄国俘虏早就已经把自己有的东西交出来了。他们只能穿着破烂的可怜的衣物，尝试着用榴弹碎片和铜弹带自制些小物件以及小雕刻品来交换食物。这些小玩意儿当然没法换来太多东西，不管他们为此付出了怎样的心血——几片面包就能解决了。我们的农民在讨价还价时既坚定又机灵。他们把面包或者香肠凑到俄国人鼻子底下，就一直这么举着，直到俄国人馋得脸色发白，眼睛直翻，然后他就什么也不在意了。接着，我们的农民像煞有介事地收好自己的战利品，掏出厚厚的折叠刀，缓慢地、从容地从存粮中为自己切下厚厚的一块面包作为自我犒赏，每吃一口还要配上一块硬硬的好香肠。看他们像享用午后点心一样吃东西实在令人窝火，恨不能在他们厚厚的脑袋上捶几下。他们几乎不会和别人分享什么东西，不过大家彼此也不熟就是了。

我时常要去俄国战俘那里站岗。我看着他们的身影在黑暗中走动，像是生病的鹳，像是巨大的鸟儿。他们紧贴着栅栏，把脸靠在上面，手指钩住网眼。常常是许多人一个挨着一个站在一起。他们就这样呼吸着从荒野和树林吹来的风。

他们几乎不说话，即使开口也只有短短几句。他们比我们更有人性，我甚至相信，他们比我们更加亲如兄弟。不过这或许是因为他们比我们更加不幸。对他们来说，战争已经结束了。然而等着染上痢疾也算不上是什么生活了。

看守他们的国民军告诉我，这些人一开始时比现在有活力。他们之间——这种事到处都有——还曾有过矛盾，往往发展到拳脚相加、舞刀弄棒的地步。而现在的他们变得十分寡言与冷漠，大部分人对手淫都提不起兴趣了。他们是如此虚弱，否则情况会糟糕到他们在监房集体手淫。

他们在栅栏边站成一排。有时一个人蹒跚地走了，很快就会有另一个人补上他的位置。大多数人都沉默不语，只有少数几个在讨要抽完的香烟的烟嘴。

我看着他们黑乎乎的身影。他们的胡须迎风飘荡。除了他们的俘虏身份之外，我对他们一无所知，而这恰恰令我感到震撼。他们的一生没有名字，没有罪过——如果我对他们了解得更多，比如他们叫什么、如何生活、有哪些期待、被什么压迫，那么我的震撼就有了具体的目标，可能会变成同情。而现在，我只在他们背后感到苍生的悲苦、生活的无尽忧伤以及人类的冷酷无情。

一道命令让这些沉默的身影变成了我们的敌人，一道命令也可以把他们变成我们的朋友。不知哪张桌子上放着的一份文件被几个我们压根不认识的人签署生效了。于是它就成了我们数年以来的最高目标，而这本是全世界的鄙夷与最高惩罚的对象。看着这里沉默的人群，看着他们孩子般的脸庞和耶稣信徒般的胡子，谁还能分得清敌我呢！每个下士对新兵，每个高级教师对学生来说，都比他们对我们更像是敌人。然而，我们还是会朝他们开枪。并且如果他们现在是自由的话，也会朝我们开枪。

我打了个寒战，我不能再继续想下去了。这条路的尽头是个深渊，现在还不是时候。不过，我不愿放弃这个想法，我想保留它，把它锁住，直到战争结束。我的心怦怦跳起来：这就是我在战壕里曾经想过的目标，想过的伟大、无与伦比的事情吗？这就是我一直寻找的，在这场人性的灾难结束后可以考虑的存在方式吗？这就是此后生活的任务吗，配得上这些年的残酷时光吗？

我掏出自己的烟，把每一根都掰成两截，然后把它们给了那群俄国人。他们鞠躬表示感谢，然后点燃了烟。这下子，一些人的脸上开始有红点在发出微光。它们给了我安慰，看上去仿佛是黑乎乎的村屋中透光的小小窗户，表明其后是给人庇护的房间。

☮

日子一天天过去。在某个雾气腾腾的早晨，又有一个俄国人被埋了。现在，几乎每天都要死几个。这个俄国人下葬那天，正好轮到我站岗。其他俘虏唱了一首圣歌，他们唱得不齐，声音混杂，听上去几乎不像是人声，而像是荒野远处的管风琴声。

葬礼很快结束了。

晚上的时候，俘虏们又站在栅栏前，从桦树林传来的风吹到他们的脸上。星星很明朗。我如今认识了他们中几个德语说得相当不错的人，其中有一个音乐家。他告诉我，他之前在柏林是小提琴手。当他听说我会弹一点钢琴的时候，他把自己的小提琴拿来，然后开始演奏。其他人坐了下来，背靠栅栏。他站着在演奏。他时常展现出小提琴家们闭上眼时都会有的沉醉表情。然后，他又继续有节奏地弹奏乐器，微笑地看着我。

他演奏的应该是民间乐曲，因为其他人都在跟着哼唱。

哼唱着的人们仿佛黑色的土堆，从地底传来深沉的声音。而小提琴声则仿佛是站在土堆上的一位纤细少女，明亮、独自一人。哼唱声停止了，小提琴声还在——它如游丝般继续留在夜里，仿佛要被冻僵了。人们不得不凑近了站在旁边，如果在室内就会好一些了。在室外，当小提琴声孤零零地飘向四周时，人们只会感到悲伤。

☮

我在星期天也没有假，因为我刚刚休完一个比较长的假期。因此在离开营地前的最后一个星期天，父亲与大姐来兵营看望了我。我们一整天都坐在士兵之家。我们也没有别的地方可去，我们可不想去营房。中午的时候，我们一起散步去了荒野。

就这样煎熬地过了一个小时又一个小时。我们不知道该谈些什么。于是我们聊到了母亲的病。现在已经确诊是癌症。母亲已经住院，等着马上接受手术。医生希望，她能恢复健康。但我们还从未听说过癌症被治愈的先例。

“她现在在哪里？”我问。

“在路易森医院。”父亲回答。

“几等病房？”

“三等。我们得看手术要花多少钱。你妈妈自己想住三等病房。她说，这样她可以有人说说话，而且也更便宜。”

“她在三等病房得和很多人住一起。晚上要睡得着才好。”

父亲点点头。他脸色疲惫，满脸皱纹。母亲经常生病。虽然她只在迫不得已的时候才去医院，但这已经花了我们不少钱。而实际上，父亲的整个生活已经全部扑在了挣钱上。“要是能知道手术要花多少钱就好了。”父亲说。

“你们没问吗？”

“没直接问，因为不能这么做——如果医生因此变得不高兴就不好了，他还要给你母亲开刀呢。”

说得没错啊，我苦涩地想。这就是我们，这就是穷人。他们连直接问价格的勇气都没有，而是惴惴不安地担心着价钱。但其他不需要为钱担忧的人反而觉得事先确定价格是理所应当的事，医生也不会因此对他们不友好。

“手术后的绷带也是一大笔钱啊。”父亲再次开口。

“医疗保险一点钱也不付吗？”我问。

“你妈妈已经病了太长时间了。”

“你们还有钱吗？”

父亲摇了摇头。“没了。不过我现在又可以加班了。”

我明白：他将要在桌边站到深夜十二点，折叠、粘贴、裁剪。晚上八点的时候吃一点用票证换来的没什么营养的东西，然后再喝一点止头疼的药，继续工作。

为了让父亲的心情愉悦一些，我给他讲了几个我刚刚想到的小故事，一些士兵间的玩笑之类的，有关于将军的，还有关于军士长的，都是些他们被愚弄的故事。

之后我把他们两个送到了火车站。他们给了我一瓶果酱和一包土豆饼，是母亲为我烤的。

然后他们坐车离开了，我走回军营。

晚上的时候，我把果酱抹在土豆饼上开吃。但是总引不起我的胃口。我走出去，打算把土豆饼给那些俄国人。这时我突然想到，这是母亲为我煎的土豆饼。当她站在热炉子边时，说不定还要忍受身体的疼痛。于是我把那包土豆饼放回了背包里，只拿出两块来带去俄国战俘那里。

09

行军已经好几天。天上开始出现第一批飞机。我们的卡车从货运火车边滚滚驶过，火车上都是大炮，大炮。接着我们搭上了军用铁路。我在寻找自己的团，没人知道他们现在驻扎在哪里。我不知在哪里过了夜，早晨又从哪里得到了口粮和一些模糊的指令。就这样，我又带着背包和步枪上了路。当我到达那个被炮火击毁的地方时，我们团已经没有人在那儿了。我听说，我们团被编入了某个流动师团，哪里最危险，他们就去哪里。这可不是个令人高兴的消息。有人和我说了我们团遭受的巨大损失。我四处打听卡特和阿尔贝特的下落，但没人知道关于他们的一丁点儿消息。

我继续寻找，四处奔走，这种感觉十分古怪。我像印第安人一样露宿了一个又一个晚上。然后我才得到了确切的消息，并在下午到团里的办公室报了到。军士长把我留在了营地，因为连队两天后就回来了，现在送我去前线已经没什么意义。

“假期怎么样？”他问我，“挺好的吧，不是吗？”

“一半一半吧。”我回答。

“是啊。”他叹了口气，“要是不用再离开就好了。后半段的假期总是会因此被搞糟。”

我只好四处瞎逛逛，直到早晨连队回来了，一个个灰头土脸，浑身脏兮兮的，心情愠怒又抑郁。我赶紧跳了起来，冲进人群。我的眼睛搜索着，那里是恰登，默勒在另一处哼哼，那里还有卡特和克罗普。我们挨个儿把自己的草席铺好。当我看着他们的时候，我感觉自己有罪，虽然这种罪恶感毫无缘由。睡觉之前，我把剩下的土豆饼和果酱拿了出来给大家分享。

最外面的两张饼已经开始长霉，不过还可以吃。我把这两张给了自己，把其余更新鲜一些的给了卡特和克罗普。

卡特咀嚼着，问道：“这应该是妈妈做的吧？”

我点点头。

“不错。”他说，“能尝得出来。”

我几乎要流泪了。我自己都认不出来母亲的味道了。不过和卡特、克罗普以及其他人一起在这里肯定会好起来的。我属于这里。

“你很幸运。”克罗普在快睡着时还对我耳语了几句，“因为我们要去俄国了。”

去俄国。那里已经没有战争了。

远处，前线还在轰鸣。营房的墙吱呀作响。

☮

彻彻底底地大扫除，口号一个接着一个，我们也被上上下下地修整了一遍。破损的东西都被换成了好的，我得到了一件无可挑剔的新上衣，卡特甚至得到了一整套制服。有谣言称，要和平了。不过另一个观点似乎更为可能：我们要被运去俄国了。但是去俄国为什么就要用更好的东西呢？最终，真相一点点地透出来：帝国皇帝要来参观，所以才有了这么多次检查。

这八天里，人们还以为身处的是新兵营呢，我们每天就这样工作和训练。大家既气愤又紧张，因为过度的清洁工作对我们来说什么都不是，检阅分列式更是如此了。恰恰是这些小事比炮火还能激怒一个士兵。重要的时刻终于来临了，我们立正站好。皇帝出现了，大家很好奇皇帝的模样，他沿着前排走过。我其实有点失望：依据图片来看，我想象中的他更加高大、有力，最主要的是有一副厚重的嗓音。

皇帝颁发了铁十字勋章，然后和这个人讲几句，又和那个人讲几句。

接着我们就退下了。

事后大家聊起来。恰登令人惊讶地评价道："这就是世上最至高无上的人。在他面前，每一个人都要立正，每一个人！"他开始思索，"兴登堡[1]在他面前也要立正站好，对吗？"

"没错。"卡特确认道。

恰登还没完。他想了一会儿后问道："国王也要在皇帝面前立正吗？"

没人确切地知道，不过大家认为不需要。这两个人的地位都如此高，肯定就不需要什么立正站好了。

"你都在谋划些什么乱七八糟的啊。"卡特说，"最主要的是，你自己立正站好。"但是恰登已经完全被迷住了，他一向枯燥的想象力

1　保罗·冯·兴登堡，德国陆军元帅，政治家，军事家。魏玛共和国的第二任总统，一战时晋升陆军元帅，1925年起担任德国总统，兴登堡晚年黯淡的精神力量、陈旧的思想和狭隘的观察力使其后期的政治生涯受到损害。兴登堡任命希特勒为总理的举动成为日后希特勒发动第二次世界大战的因素之一。1934年8月2日在任内逝世于东普鲁士。

此时正泛着泡泡。

“你看啊，”他加强语气，“我就是不能理解，一个皇帝会像我这样上茅厕。”

“那你完全不用怀疑。”克罗普笑着回答。

“疯子加三等于七。”卡特补充道，“你脑子里有虱子，恰登。你自己赶紧去茅房清洗清洗脑袋吧，这样说话就不会像个襁褓中的婴儿了。”

恰登离开了。

“不过有件事我还是想搞明白。”阿尔贝特说，“如果皇帝说了不，还会不会有这场战争呢？”

“我觉得肯定还会有。”我插了进去，“据说他一开始就不想打仗。”

“怎么说呢，如果他一个人反对，可能还会有战争。但如果世界上有二十个人说不，三十个人说不呢？”

“也对。”我表示认可，“不过这些人是想打仗的。”

“这样想想感觉真奇怪。”克罗普继续说道，“我们在这里是为了守护祖国，而那里的法国人也是为了守护祖国。哪一方有理呢？”

“也许，都有理吧。”我说道，虽然自己都不相信。

“好吧，那么……”阿尔贝特再次开口。我明白，他想逼问我。“我们的教授、牧师以及报纸宣称，只有我们是对的，希望事实也是如此。然而，法国的教授、牧师和报纸宣传，只有他们是对的。这又如何解释呢？”

“我不知道。”我表示，“不管怎样战争就在这里，而且每个月还有更多的国家加入。”

恰登又出现了。他仍旧很激动，立刻就加入了谈话。他问道：

“战争是如何产生的？”

“通常是一个国家严重地冒犯了另一个国家。”阿尔贝特有些自负地给出了答案。

然而恰登没有被打动：“一个国家？我不明白。德国的一座山不可能伤害法国的一座山啊，或者一条河、一座森林、一片麦田。”

“你是真这么蠢还是假装的啊？”克罗普埋怨道，“我不是这个意思。我是指一个民族冒犯了另一个民族。”

“那这里没有我什么事了。”恰登回答，“我没感觉被冒犯。”

“那我告诉你吧。”阿尔贝特生气了，“这根本不取决于你这个乡巴佬。”

“那我真的可以回家了。”恰登固执己见。大家都笑了。

“唉，天哪，作为一个整体的民族，就是国家。”默勒喊道，“国家，国家！”

恰登机灵地打着响指：“宪兵、警察、税务，这就是你们的国家。如果你说的与这些相关，那么好吧。”

“没错。”卡特说道，“恰登，你第一次说对了。国家和故乡，的确是不同的。”

“但它们是分不开的啊。”克罗普想了一下，“没有国家的故乡是不存在的。”

“是的，但是你再想想，我们大家几乎都是普通人。在法国，大部分人也都是工人、手工业者或者小官员。为什么一个法国的锁匠或者鞋匠会想攻击我们呢？他们不想，政府才想。我在来这里之前还从未见过法国人，估计大多数法国人也和我们一样，他们和我们一样未被征询意见。”

“那究竟为什么会有战争？”恰登问。

卡特耸了耸肩膀。“一定有可以利用战争的人。”

“好吧，我肯定不是这样的人。”恰登咧嘴笑了。

“你不是，这里没有人是。”

“那会是谁呢？”恰登固执地追问，“皇帝也不需要战争，他已经拥有了所需的一切。”

“那不好说。”卡特反驳，“他在此之前尚未进行过战争。而每个伟大一点的皇帝都至少需要一场战争，不然他就不会成名。看看你的教科书吧。”

“将军也会因为战争出名。”德特林说。

“甚至比皇帝还出名。”卡特确认道。

“肯定还藏着一些能利用战争的其他人，躲在后面。”德特林嘟囔道。

“我感觉，这更像一种发烧感染。”阿尔贝特说，“其实没人想要它，但它突然就在那儿了。我们不想要战争，其他人也这么宣称，但仍然有半个世界卷了进去。”

“但是对方撒的谎比我们还多。”我反驳道，“想想那些俘虏的传单，上面写着，我们吃了比利时小孩。写这些东西的家伙应该上吊，这才是真正有罪的人。”

默勒站了起来。“不过战争在这里肯定要比在德国好。你们看看这满是弹坑的地！”

“这是肯定的。”就连恰登也表示赞同，“不过更好的是，完全不要有战争。”

恰登骄傲地走开了，因为他终于胜过了我们这群志愿兵[1]一次。

1　拥有高中学历的人可以在自愿报名的情况下自主选择部队完成兵役。

他的这种观点事实上是这里的典型观念，人们时不时地就会听到，而且也没法对此做出真正的反驳，因为持有这种观点的人往往不了解其中涉及的其他因素。新兵的民族精神在于，他在这里，在战场上。但也就仅仅局限于此，对于除此之外的东西，他的判断都十分现实，并且只从自己的立场出发。

阿尔贝特愤愤地躺到草丛中，“最好就是不要聊这些废话。”

“毕竟事情也不会因此发生改变。”卡特表示赞同。

另外，我们几乎得把才领到的东西全部交回去，拿回我们原来的破衣服。那些好东西只是为了分列式而已。

我们没有去俄国，而是再次上了前线。途中，我们穿过了一片悲惨的树林，树干全部被摧毁，地面也被炸了个底朝天。有一些地方的弹坑特别可怕。“好家伙，简直就像大力揍下去的。”我对卡特说。

“是迫击炮。”卡特回答，然后指了指上方。树枝间挂着死人。一个赤裸的士兵卡在树干的分杈处，他的头上还顶着钢盔，但是身上的衣服已经了无踪影。他只有一半的身子挂在那里，即他的上半身，腿已经没了。

“这里到底发生了什么？”我问。

“炮弹把他从制服里弹出去了。”恰登嘟囔着回答。

卡特说：“奇怪了。这样的情况我们也见过几次。如果这样的迫击炮击中目标的话，人们确实会被从制服里弹出去，由于冲击波的缘故。”

我继续搜寻着。果真不假。这里挂着制服碎片，那里粘着血糊糊的肉泥，应该是人的肢体吧。一个尸体躺在那儿，浑身上下只有一条腿上还挂着内裤的残片，脖子一圈还有军服的衣领。此外，他就是赤裸的了，制服散落在树上。两条胳膊已经没了，像是被拧下来的。我在二十步开外的灌木丛中发现了其中一条。

这个士兵脸朝下躺着，胳膊伤口处的地面被血染黑了，双脚下的树叶凌乱，好像被他用脚蹬过似的。

“这可不是开玩笑，卡特。”我说。

“肚子上中弹片也不是。”他耸耸肩回应了我。

“不要变得软弱就行。”恰登表示。

事情应该发生了没多久，血迹还是新鲜的。由于我们看到的所有人都已经死了，我们也就不再逗留，而是向最近的卫生站报告了此事。毕竟我们的任务并不是帮他们完成抬担架的工作。

应当派一个侦察队去确认敌人到底投入了多少兵力。我因为休过假，对其他人怀有一种特殊的感情，就也报名一起去。我们商定了计划，悄悄钻出了铁丝网，然后一个接一个地匍匐前进。不久以后我发现了一个很浅的弹坑，就爬了进去。我从里面向外窥视。

这一带布设着中等的机枪火力。从四面八方扫射，不是很猛烈，但也足以让你站不起身了。

一颗照明弹炸开了。这一地带僵硬地躺在惨白的光中，然后更深的黑暗再次笼罩。他们之前在战壕里说我们前面有黑人。那很糟糕，你看不清他们。此外，他们也很擅长做侦察兵。奇怪的是他们有时也会失去理智——卡钦斯基和克罗普都击中过一次对方的黑人侦察兵，因为那些人在行进的途中忍不住烟瘾，开始抽烟了。卡钦斯基和阿尔贝特只需要瞄准那些闪光的烟头。

我身边落下了一枚咝咝作响的榴弹。我没有听到它落下来，吃了一惊。在同一瞬间，一种毫无缘故的恐惧攫住了我。我独自在这里，在黑暗中几乎是孤立无援的——也许前方的一个弹坑里有一双眼睛已经注视了我很久，一枚手榴弹已经准备好要投掷，要把我炸碎。我试图振作起来。这不是我的第一次侦察活动，也没有特别危险。但这是我休假以后的第一次侦察，而且这一带对我来说还相当陌生。

我告诉自己，我的反应是不合情理的，也许在黑暗中什么也没有，因为不然的话他们就不会从这么平的角度射击了。

徒劳无用。在一片混乱中，我的思想在头脑里轰鸣——我听到我母亲那警告的声音，我看到须髯飘扬的俄国兵倚在铁栅上，我脑中浮现出一个有沙发的食堂和瓦朗谢讷一家电影院那明亮美丽的场景，我深受折磨，在我的想象中惊恐地看到了一只灰色的、无情的枪口，无论我将头转向哪一侧，它都悄无声息地跟着我：我周身大汗淋漓。

我还躺在我的弹坑里。我看了看表，才过去了几分钟。我的额头一片潮湿，我的眼窝湿了，我的双手在颤抖，我有点气喘吁吁。这不是别的，这就是一阵可怕的恐惧，一阵简单的动物共有的恐惧，怕把头伸出来，怕继续向前爬行。

我的紧张融成了一摊，凝成了一个愿望，继续躺在这里。我的肢体黏在了地上，我徒劳地尝试着——它们不肯放开地面。我将身子贴在地上，我不能前进了，我决定就躺在那里。

但立刻有一股全新的激浪扫过了我，一股羞愧、悔恨也是安全的激浪。我抬起一点身子往外面看。我的双眼在燃烧，我就这样凝视着黑暗。一颗照明弹升到空中——我又趴了下去。

我在进行一场无意义的混乱斗争，我想要走出这个弹坑，却又滑了回去，我说："你一定要前进，那是你的战友，不是什么愚蠢的命令。"然后马上又说，"这和我有什么关系，我也只有一条命可以失去啊。"

都是因为这次休假，我愤怒地为自己开脱。但我自己也不信我已经变得惊人的懒惰了，我慢慢抬起身子，把手臂伸出去，背向后沉，就躺在了弹坑的边缘。

这时我听到了一阵响动，就缩了回去。你是可以在炮火的喧嚣声中听出可疑的声响的。我听到——那声响在我背后。那是在我们前面走过战壕的人。现在我也听到了压低的声音。说话的可能是卡钦斯基。

一阵非同寻常的暖意再次涌了上来。这声音，这几句轻悄的话语，这些在我背后战壕里的脚步声把我一下从对死亡的恐惧的可怕孤独中拉了出来，我险些被它战胜。这些声音，它们比我的生命更重要，它们高过母亲和恐惧，它们是世界上最强大、最能保护人的东西：战友的声音。我不再是黑暗中一个孤独颤抖的存在——我属于他们，他们也属于我，我们有着同样的恐惧与同一个生命，我们以一种简单又沉重的方式紧紧联系在了一起。我想把我的脸埋进这些声音、这几句话，它们拯救了我，还将继续陪伴着我。

我小心翼翼地走出弹坑的边缘，开始蜿蜒前行。我向四面都爬行了一段距离，很顺利，我探测着方向，环顾四周，留心炮火的分布，这样比较方便回去。然后我试图和其他人取得联络。

我心里还有恐惧，但这是一种理性的恐惧，一种特别提高的警惕。那天晚上风很大，阴影在炮火的闪光中飘来飘去。你看到的东西太少了，同时又太多了。我时常注目凝视，但每次都什么也没有。于是我就走了很远，又绕了一圈回去。我没有和其他人取得联络。每向我们的战壕走近一米我都更加满怀信心，但也越发焦急。如果现在被打中，那就不妙了。

这时新的恐惧攫住了我。我记不清楚方向了。我静静地蜷蹲在一个弹坑里，想要找到方向。这样的事之前也发生过不止一次，有人高兴地跳进一条战壕，然后发现他跳错了地方。

过了一段时间，我又开始谛听。我还是没走对地方。弹坑的迷宫在我看来现在是那么错综复杂，我在激动之中根本不知道我应该转向哪一边。也许我正在和战壕平行地匍匐前进，这样我就永远找不到它了。因此我又拐了个大弯。

这些可恶的照明弹！它们好像已经燃烧了一个小时，你只要动一下，四周就会立刻响起呼啸声。

但这也没办法，我必须出来。我跌跌绊绊地向前行进，在地上像螃蟹一样爬，双手都被尖利的碎片划伤了，它们就像刀片一样尖锐。有时候我觉得地平线上的天空变亮了一些，但那可能只是幻想。我渐渐意识到我在为我的生命前进。

一颗榴弹炸响了，马上又是两颗。很快就开始了一阵炮轰，机枪嗒嗒作响。现在除了躺在那里什么也做不了。进攻开始了，到处都是照明火箭，从不间断。

我蜷缩着躺在一个大弹坑里，腿浸在漫到腹部的水中。进攻开始的时候我就会躲到水下，把脸埋到淤泥里，只要不窒息而死就行了。我一定要装得像是死了。

我突然听到了炮火回撤的声音。我立刻躲到水下，钢盔挂在脖颈上，嘴巴的高度刚好可以呼吸。

然后我一动不动——因为某处传来了声响，脚步声越来越近——我所有的神经都冰冻了。那声音从我身边走远，第一批队伍过去了。我心里只有一个破碎的念头：如果有人跳进你的弹坑，你要怎么办？——我立刻抽出我的小匕首，紧紧地攥着它，又用手把它重新藏在淤泥里。如果有人跳进来，我就马上刺过去，这个念头在我脑子里捶打着，我会立刻刺穿他的咽喉，让他喊不出声音，别无他法了，他会像我一样惊恐，我们两个都要在恐惧面前交锋，那么我一定要获胜。

现在我们的炮兵射击了。炮弹落在我的近旁，这让我气得发狂，因为我差点被同伴的炮弹打中。我咒骂着，在淤泥里咬牙切齿，这是我愤怒的发作，至少我还可以呻吟和祈祷。榴弹在我耳边爆炸。如果我们的人来一次反击，我就得救了。我把头贴在地上，听着那宛若远方矿山爆裂时的沉闷轰响——再次抬起头来，倾听头上的声响。

机枪作响。我知道我们的铁丝网是坚不可摧的——一部分通着高压电流。步枪的火力激增。他们没有冲过来，他们不得不后退。我再次沉了下去，紧张到了极点。碰撞声、脚步声和轰鸣声都清晰可闻。一声孤零零的叫喊在其中刺耳地响起。他们受到了射击，进攻被打破了。

天色还是亮了一点。匆忙的脚步从我身边经过。第一批过去了，又一批。机枪的响动就像不间断的锁链。我刚刚想要稍微转动一下，就发出了扑通一声，一具沉重的人体噼噼啪啪地掉进了我的弹坑，滑了下来，躺在我身上——我不假思索，我没有做决定——我愤怒地出击了，感到那具人体在抽搐，然后瘫软倒下了。清醒过来以后，我的手又黏又湿。

那个人喘息着。在我听来，他好像是在咆哮，每次呼吸都仿佛一次喊叫，一声惊雷——但那只是我的血管在搏动。我想要堵住他的嘴，塞进去一块土，再刺他一下，他应该安静下来，他会出卖我。但现在我清醒了过来，也突然变得软弱了，没有办法举起手攻击他了。

我爬到最远的角落里，待在那里不动，眼睛紧盯着他，紧握着匕首，准备如果他动了，就再次扑向他，但他什么也不会做了，我从他的喘息声中听出来了。

我可以朦朦胧胧地看见他。我心里只有一个愿望：离开。如果我不很快离开，天色就会大亮。现在已经很苦难了，但当我试着抬起头来的时候，我就发现已经不可能了。机枪已经架好，我还来不及跳出去就会被打成筛子。

我用我的钢盔又试了一次，我摘下它，把它举高，以确定枪弹的高度。过了片刻它就被一颗子弹从我手中打落了。火力紧贴着地面。我离敌军的阵地还不够远，如果我想要离开，敌军的狙击兵就不会放过我。

天色更亮了。我忧心如焚地等待着我们的进攻。我的指节发白，我紧紧地把双手挤压在一起，祈求枪弹会停止，我的战友会到来。

时间一分钟一分钟地过去。我不敢再看一眼弹坑里那个漆黑的人体。我努力越过他张望，等待，等待。枪弹嘶声作响，它们就像一道铁丝网，从不间断，从不间断。然后我感到我自己鲜血淋漓的手，感到有点恶心。我抓起一把泥土擦着皮肤，现在那只手沾满了泥，看不出鲜血了。

火力没有减弱。现在双方的炮火都一样猛烈。我们的人可能早就觉得我失踪了。

☮

这是个明亮、灰暗的早晨，喘息声还在持续。我堵上耳朵，但马上又把手指拿出来，因为这样一来我就什么也听不见了。对面的人动了，我吓了一跳，然后不情愿地看了过去。现在我的眼睛已经挪不开了，一个蓄着胡髭的人躺在那里，头倒向一侧，一只手臂半弯曲着，头无力地靠在上面，另一只手放在胸口，胸口鲜血淋漓。

他死了，我告诉自己，他肯定死了，他什么也感觉不到了——喘息着的只是他的躯体。但他的头还在试图抬起来，呻吟声在一瞬间响了起来，然后额头又坠回手臂上。这个人还没死，他濒临死亡，但还没有死。我用双手支撑住身体，慢慢挪过去，心里有些迟疑，一点一点向前挪着，等待着——继续向前，一段可怕的路程，不过三米，一段漫长、可怖的路程。

我终于靠近了他。

这时他睁开了眼睛。他一定听见了我，以某种惊恐的目光盯着我。他的躯体一动不动地躺着，但他的眼睛里是如此可怕的逃遁，在一瞬间我觉得它们有足够的力量把躯体也拖走，一下就能跑几百公里。身体一动不动，非常宁静，现在也没有声音了，喘息声停息了，但眼睛在叫喊，在咆哮，在里面聚集所有的生命力，为了再做一次难以理解的努力，为了逃亡，表现出对死亡、对我的惊恐。

我弯了弯膝关节，倒了下去，用手肘撑住了自己。

“不，不。”我低语道。

那双眼睛紧跟着我。只要它们在，我就无法动弹一下。

然后他的手慢慢从胸口移了下来，只移动了一点，往下移动了几厘米，但这个动作消解了他眼睛里的力量。我向前倾身，摇着头低语："不，不，不。"我抬起一只手，我必须让他明白我愿意帮他，我抚摸着他的额头。

我伸出手的时候，那双眼睛就退缩了，现在它们已经不再咄咄逼人，睫毛垂了下来，紧张消散了。我解开他的领子，让他的头躺得更舒服。

他的嘴半张着，他在努力说话。他的嘴唇很干，我的军用水壶不在身边，我没有带上它。但弹坑的淤泥下面有水。我爬下去，拿出我的手帕，将它摊开，往下压并用手掌舀起渗出来的浑黄的水。

他喝下了水。我又取了些水。然后我解开他的外衣，想看看如果可以就给他包扎。我必须这样做，这样如果敌军将我俘虏了，看到我想要帮助他，也不会向我开枪了。他试着抵抗，但他的手太软弱了。他的衬衫黏住了，没法扯开，纽扣在背后，所以只能把它剪开了。

我找寻着匕首，找到了它。但当我开始割开衬衫的时候，那双眼睛又睁开了，里面依然是呼喊与疯狂的目光，所以我必须让它们闭紧，我低语道："我愿意帮助你，朋友，朋友，朋友，朋友——"我恳切地重复着这个词，为了让他理解。

有三个伤口。我用急救包包扎了伤口，血从下面流出来，我把它们压紧，这时他开始呻吟。

这就是我能做到的一切。我们现在只能等待，等待。

这几个小时，喘息声又响了起来——一个人死去的过程是多么缓慢啊！因为我知道他没救了。尽管我尝试说服自己，但到了中午，这个幻想就在他的呻吟中破碎、消融了。如果我没有在爬行的时候弄丢我的手枪，我就会把他一枪打死。我没有办法刺死他。

中午，我在思想的边界清醒过来。饥饿在我体内翻腾，我想吃东西想得要哭了，但我无法继续与饥饿斗争下去了。有好几次我给那个垂死的人舀水，自己也喝了些水。

这是我用我的双手杀死的第一个人，我看得清清楚楚，这个人的死是我的杰作。卡钦斯基、克罗普和默勒已经见过这种事，已经杀死过别人，许多人都有过这种经历，在白刃战中常常会这样——但每一次呼吸都将我的内心剥出来。这个垂死的人还有时间，他有一把无形的刀，他用这把刀刺伤了我：时间和我的思想。

我愿意继续帮助他，如果他还活着。躺在这里，不得不看着他、听着他是很艰难的。

下午三点的时候他死了。

我松了口气，但时间不长。很快，这沉默在我看来就比呻吟声还难以忍受。我甚至想要那喘息声回来，一阵一阵，嘶声作响，时而是轻悄的嘘气，时而又嘶哑而吵闹。

我做的事情毫无意义，但我必须找点事做。所以我再一次把死者摆正位置，让他躺得更舒服一些，尽管他什么也感觉不到了。我合上他的眼睛。他的眼睛是褐色的，头发是黑色的，两侧有点蜷曲。

他胡髭下面的嘴饱满又柔软，鼻子有一点拱起，皮肤是棕褐色的，看起来不像先前他活着的时候那么惨白了。有一瞬间他的脸看起来甚至是健康的，然后突然又变成一张死者的面孔，我常常看到死者的面孔，它们都大同小异。

他的妻子肯定还在思念他，她不知道发生了什么。他看起来像是会经常给她写信的——她还会收到他的信——在明天，在一周以后——也许一个月以后会有一封投错的信件。她会读这封信，他会在信里和她说话。

我的状况越来越糟糕，我控制不住自己的思想了。他的妻子会是什么样？就像运河对岸那个黝黑、苗条的女孩？她是不是不属于我了？也许这样一来她就属于我了！如果坎托雷克就坐在我身边该有多好啊！如果我的母亲就这样看着我该有多好啊——如果我把回去的路记得清楚一些，这个人肯定还可以再活上三十年。如果他向左边跑了两米，他现在就会躺在对面的战壕里，给妻子写新的信件。

但我没有继续想下去，这就是我们所有人的命运。如果克梅里希的腿往右十厘米，如果海埃再向前倾身五厘米……

☮

沉默蔓延开来。我在说话，我必须说话。于是我和他说话，对他说道："朋友，我不想杀死你。如果你再跳进来一次，我是不会这么做的，如果你也保持理性。但之前你对我来说只是一个念头，一个活在我脑海里的联想，使我下定了决心——我刺伤了一个联想。现在我才看出来你是一个和我一样的人。我之前想着你的手榴弹、你的刺刀和你的武器——现在我看到了你的妻子、你的面孔和我们之间的共同点。原谅我，朋友！我们看清得太晚了。为什么人们不会一再地告诉我们，你们和我们一样都是一些可怜的动物，你们的母亲也像我们的母亲一样焦虑，我们在死亡面前都怀着同样的恐惧，会经历同样的死亡和同样的痛苦——原谅我，朋友，你怎么会是我的敌人啊。当我们把这些武器和这身制服抛到一旁，你也可以像卡钦斯基和阿尔贝特一样成为我的兄弟。拿走我二十年的生命吧，朋友，然后站起来——拿走我更多的生命吧，因为我不知道我要怎么开始。”

一片寂静，前线上只有步枪的声响。子弹密密麻麻，不是漫无目的地射出的，而是从四面八方瞄准的。我出不去。

“我会给你的妻子写信，”我急切地对死者说道，“我会给她写信，她会从我这里知道一切，我会告诉她我讲给你的一切，她不应该忍受痛苦，我会帮助她和你的父母，还有你的孩子——”

他的制服还半敞着，很容易找到皮夹，但我犹豫着要不要打开它。里面有个写着他姓名的本子。只要我不知道他的名字，我也许就还能把他忘掉，时间会抹平这些，抹平这幅图景。但他的名字却是一枚钉子，会戳进我体内，再也拔不出来。它有着换回一切的力量，它会一再重还，站在我的面前。

我犹豫不决地把皮夹拿在手中。它从我手里掉到了地上，自己打开了。几张照片和信件掉了出来。我把它们捡起来，想要放回去，但我所承受的压力、完全不确定的情况、饥饿、危险，和死者共处的几个小时使我变得绝望，我想要快一点解脱，想要加剧并结束这种痛苦，就像用一只痛得难以忍受的手去击打一棵树，就像这样。

那是一个女人和一个小女孩的照片，是那种业余的摄像者站在一堵布满常春藤的墙前拍摄的狭长小面。照片旁边放着几封信。我把它们抽出来，试图阅读。大部分我都看不懂，这很难辨认，我也只会一点法语，但我翻译出来的每一个字都像子弹打进我的胸膛——像刀剑刺进我的胸口——我的头脑受到了过度的刺激。但我还是明白我不能给这些人写信，就像我之前打算的那样。这是不可能的。我又看了一遍照片，她们不是有钱人。等以后我挣了钱，我可以匿名给她们寄点钱过去。我紧紧抓住这一点，至少这是一个小小的突破口。这位死者和我的生命联系在了一起，因此我必须做所有事情、承诺所有事情，以拯救我自己。我匆匆发誓说我只会为了他和他的家庭生存下去——我以潮湿的嘴唇劝慰着他，但我心里还有以此拯救我的希望，也许我还可以从中脱身，这是个小小的阴谋，可以以后再考虑这件事。因此我打开那个本子，慢慢念道：杰拉尔·杜瓦尔，印刷工。

我用死者的铅笔把地址写到一个信封上，然后突然把所有东西都塞回他的大衣。

我杀死了印刷工杰拉尔·杜瓦尔。我一定要当一个印刷工，我迷乱地想着，当一个印刷工，当一个印刷工——

下午我平静了一点，我的恐惧是毫无根据的。那个名字不再让我烦乱，恐惧结束了。“朋友，”我对那个死者说道，但我说得很冷静，“今天是你，明天是我。但如果我走了出去，朋友，我就会和摧毁了我们两个的东西斗争：你失去了生命——而我失去了？——也是生命。我向你保证，朋友，这种事不会再发生了。”

太阳倾斜了。我因为疲惫和饥饿感到昏沉。昨天对我来说就像一团浓雾，我不再抱着离开这里的希望。于是我打了个盹，一开始并不知道黄昏已经来临。暮色降临，我觉得天黑得很快，还有一个小时。如果在夏天，就还有三个小时。还有一个小时。

现在我突然开始颤抖，担心这段时间会有什么事。我不再想着那个死者了，他现在对我来说已经无关紧要了。我的求生欲突然又迸发出来，我先前所想的一切都在它面前沉落。我机械地咕哝着，仅仅是为了防止不幸发生：“我会坚持这一切，做我向你保证过的一切——”但我已经知道我是不会去做的。

我突然想起当我爬出去的时候，我自己的战友有可能会向我开枪，他们不会知道的。我要尽早地喊叫，让他们认出我来。在他们回答我之前我会一直待在战壕里。

第一颗晚星。前线保持着寂静。我大口呼吸着，激动地对自己说道：“现在别犯傻，保罗。安静，安静，保罗，然后你就会得救了，保罗。”这么做是有用的，喊出自己的名字就像有别人在喊我的名字，有巨大的力量。

黑暗渐浓。我的激动平息了，我小心翼翼地等待着，直到第一支火箭升空。然后我爬出了战壕，忘掉了那个死者，眼前是刚刚开始的夜晚和白光闪烁的田野。我盯紧一个弹坑，就在光亮熄灭之前，我快速地挪了过去，再一次摸索，跳进了下一个弹坑，低下头匆匆前进。

我走近了。然后我看到了一支火箭，在铁丝网里有个东西在移动，我在它停下之前就一动不动地躺下了。过了片刻我又看到了它，那肯定是我们战壕里的战友。但我保持着谨慎，直到我认出了我们的钢盔。然后我开始呼喊。

立刻响起了回应，喊着我的名字：“保罗——保罗——”

我继续喊。那是卡钦斯基和阿尔贝特，抬着一副担架找寻着我。

“你受伤了吗？”

“没有，没有——”

我们滑进了战壕。我渴望吃东西，狼吞虎咽地吃了一些。默勒给了我一根烟。我简短地讲述了发生的事情，没什么新鲜的，这种事经常发生。只有夜间进攻是特别的。但卡钦斯基在俄国的时候也有一次在俄国的前线后面待了两天，然后才突破了防线回来。

我没有说起那个死去的印刷工。

到了第二天早晨我才沉默不下去了。我必须给卡钦斯基和阿尔贝特讲讲。他们两个都在安慰我："你什么也做不了。你还想做什么呢？你来这里就是为了这个啊！"

我听着他们说话，感到安全，因为他们在身边而感到宽慰。我在那个弹坑里所说的都毫无意义。

"看看那边。"卡钦斯基说。

胸墙上站着几个狙击兵。他们把装有瞄准镜的步枪架在那里，窥视着对方的阵营。时不时传来一声枪响。我们听到了呼喊。"打中了吗？"——"你看到他跳得有多高了吗？"厄尔里希上士得意扬扬地转过身来，记下了他的战绩。他今天已经打中了三枪，在射击记录上排名榜首。

"这你怎么说？"卡钦斯基问。

我点点头。

"如果他继续这样下去，他今天傍晚纽扣里就会有一只彩色小鸟了。"克罗普说道。

"或者他很快会升任军士长。"卡钦斯基补充道。

我们面面相觑。"我不会这样做。"我说。

"都一样，"卡钦斯基说，"你现在看看这个也很好。"

厄尔里希上士又走上了胸墙。他的枪口来来回回。

"你不用因为你干的事情说不出话来。"阿尔贝特点了点头。

我现在也搞不懂我自己。"那只是因为我不得不在那里和他在一起躺很久。"我说。战争归根结底就是战争。厄尔里希的步枪短促而枯燥地震响。

10

我们摊上一桩好任务。我们八个人要去守卫一个村庄，它因为受到了太猛烈的攻击，已经搬空了。

我们主要是去守卫军粮库的，它还没被搬空。我们自己也要从这里得到补给。这件事我们正在行——卡钦斯基、阿尔贝特、默勒、恰登、雷尔、德特林，我们整个小组都在。无论如何海埃死了。但我们比其他小组的伤亡都少，这已经很幸运了。

我们挑选了一个混凝土地窖作为掩护，有一道台阶通向外面。入口还有一道特殊的混凝土墙来保护。现在我们做了许多工作。这是一个不仅可以休息身体，而且可以休息一下灵魂的机会。我们充分利用这样的机会，因为我们的处境太过绝望，也不能长久地沉浸在感伤之中。只有在情况不太糟的时候才可以这样做。我们也没有别的办法，只能正视事实。正视事实，直到过去的一瞬间、战前的一瞬间闯进我的脑海，我就感到悲痛。但持续的时间也不长。

我们必须尽可能地放松心态。因此我们利用所有的机会，直接、冷酷、毫无间隔地面对愚蠢的恐怖。我们没有别的办法，只能以此支撑自己。现在我们也满怀热情地来创造一种田园生活，当然是一种大吃大睡的田园生活。小木屋里起初铺的是我们从另外几间房里拖来的垫子，士兵也喜欢柔软一些的座位。只有房间中间的地板裸露着。然后我们弄来了毛毯和羽绒被，豪华而柔软的东西。村子里什么都有。阿尔贝特和我找到了一张可以拆卸的桃花心木床，它有着蓝色的绸缎幔帐和带有花边刺绣的床罩。我们像猴子一样大汗淋漓地把它搬了过来，但你怎么能放过这样的东西呢，至少在一两天内它就肯定会被打得粉碎。

卡钦斯基和我到房屋中间巡逻，很快我们就有了一打鸡蛋和两磅相当新鲜的黄油。突然一个客厅里传来一声响动，一只铁炉子穿过墙壁，经过我们，离开我们一米以后又穿过了墙壁。两个孔洞。它是从对面的房子里来的，那里中了一发榴弹。“这里有猪。”卡钦斯基咧嘴笑道，我们继续找寻。我们突然竖起耳朵，快步走过去。我们就像中了魔一样站在那里：一个小猪圈里有两只活生生的小猪在跑来跑去。我们擦亮了眼睛，仔细看过去，它们确实还在。我们抓住了它们——毫无疑问，这是两只真正的小猪。

这可以做一顿豪华大餐了。离我们的掩护所十五步有一座小房子，过去是军官的住处。厨房里有一只巨大的炉灶，有两个炉栅、煎锅、煮锅和水壶。万事俱备，甚至一个棚屋里还有一堆劈成小片的木柴——真正的天堂。

从早晨开始，我们中间有两个人都在田野上找土豆、胡萝卜和小豌豆。我们变得富足起来，开始对军粮库里的罐头不屑一顾，我们想吃新鲜的东西。餐厅里已经有两棵花菜了。小猪已经宰杀了——是卡钦斯基干的。我们想要做点土豆饼来配烤肉，但我们没有找到刨土豆的刨子。不过问题很快就解决了，我们用钉子在一个罐头盖子上打了许多洞，这就是个刨子了。三个人戴上了厚手套，为了刨土豆的时候保护手指，另外两个人给土豆削皮，进展很快。卡钦斯基来处理猪肉、胡萝卜、豌豆和花菜，他甚至调了点白酱来配花菜。我来烤土豆饼，每次烤四个。十分钟以后我发现掂一掂锅就可以把一面烤好的土豆饼抛起来，让它在空中翻个，又落回锅里。小猪是整只烤的。所有人站在它们旁边的样子就像是在献祭。

这时候还有客人来访，两个电报员被邀请来吃饭。他们坐在客厅里，那里有一架钢琴。一个人弹琴，另一个人唱《威悉河上》。他唱得很有感情，但萨克森口音很重。尽管如此，当我们站在炉灶边准备佳肴的时候，它还是攫住了我们的心。

我们渐渐发现我们遭到了袭击。阻塞气球发现了我们烟囱里飘出来的烟，我们开始受到攻击。是那种该死的小喷射弹，只打出一个小洞却又可以散开。它们离我们越来越近了，但我们不能把吃的东西抛下不管。火力还在持续，有两三块弹片穿过厨房的窗户呼啸。我们很快就要烤完肉了，但土豆饼有点困难。进攻是那么紧密，弹片越来越频繁地打在厨房的墙上，从窗户里钻进来。每当我听到有点东西飞过来，我就拿着煎锅和饼蹲下来，躲在窗户旁边的墙后。然后又马上站起来烤土豆饼。

两个萨克森人停止了演奏，一块弹片飞进了钢琴。我们渐渐做完了事情，准备好车队。在下一次进攻之后两个人带着几罐蔬菜跑到了五十米外的掩护所里。我们看到他们消失了。

下一次射击。所有人都蹲了下去，然后又有两个人各自拿着一大壶顶级咖啡豆跑开了，在下一次射击之前到达了掩护所。

现在卡钦斯基和克罗普抓起那件杰作：那只装有棕褐色烤猪的大锅。一声号叫，一弯膝盖，很快就跑过了五十米空旷的田野。

我还在煎着最后四个土豆饼，有两次我不得不贴在地上——但我最终多煎了四个饼，这是我最喜欢吃的。然后我抓住那只高高堆着土豆饼的盘子，从房门出去。四下呼呼作响，我一路小跑，用双手将盘子托在胸前。我快跑到的时候，火力增强了，我像一只鹿一样狂奔，冲过水泥墙，弹片打在墙上，我从地窖的台阶上摔了下去，我的手肘摔破了，但我一个土豆饼也没有掉，盘子也没有碎。

两点左右我们开始用餐，一直吃到了六点。直到六点半的时候我们都在喝咖啡——从军粮库里拿的军官用的咖啡——抽军官的雪茄和香烟——也是从军粮库里拿的。六点半整我们开始吃晚餐。十点我们把小猪的骨头扔到了门前。然后喝干邑白兰地和朗姆酒，都是从那个有福的军粮库里拿的，抽缠着商标圈的粗雪茄。恰登宣称这里只少一样东西：军官妓院里的姑娘。

晚上我们听到了猫叫。一只小灰猫坐在门口。我们把它引进来喂它：这又勾起了我们自己的食欲。我们嚼着东西，躺下来睡觉。

但那一晚过得很糟糕。我们吃的油脂太多了，新鲜的小猪很难消化。掩护所里不断有人进进出出，总有两三个人脱下裤子坐在外面咒骂。我自己去了九次。凌晨四点左右我们创了一项纪录：所有的十一个人，卫兵和客人全都坐在外面。

燃烧的房屋在夜晚看上去就像火炬。榴弹扑腾着来去，运送弹药的车队从街上飞快地开过。街道一边的军粮库被炸开了，那些车队司机不顾弹片，一窝蜂地冲进去抢面包。我们也放任不管了，如果我们说点什么，很可能会挨打。因此我们没有这么做。我们解释说我们是卫兵，因为我们知道情况，我们就拿着罐头出来，交换我们缺少的东西。

那又有什么关系——很快一切都会被炸毁的。我们自己从仓库里拿了一些巧克力，一块一块地吃着。卡钦斯基说这对吃坏肚子的人有好处——十四天几乎就这样在大吃大喝和闲逛中度过了，没有人来打扰我们。村子在榴弹的轰炸下慢慢消失了，我们过着幸福的生活。只要军粮库还有一部分存在，我们就都无所谓，我们只希望在这里待到战争结束。

恰登已经变得奢侈起来，雪茄只抽半支。他趾高气扬地解释说这是他的习惯。

卡钦斯基也十分振奋。他每天早晨一起来就喊："埃米尔，请把鱼子酱和咖啡送进来。"我们都表现得十足尊贵，每个人都把别人当成自己的勤务兵，使唤他，给他下命令。"克罗普，我的脚痒，请把虱子抓掉。"雷尔像一个女演员一样伸出腿，阿尔贝特就把这条腿拖上台阶。"恰登！"——"怎么了？"——"稍息，恰登，另外不要说'怎么了'要说'遵命'——那么，恰登！"恰登就以《葛兹·冯·贝利欣根》[1]里的著名台词回答他，这句话他已经可以脱口而出。

又过了八天，我们接到了调回去的命令。

欢乐的日子结束了。我们坐着两辆大车离开。车里高高堆着很多薄木板，但我和阿尔贝特把我们那张有蓝绸缎幔帐的床堆在了上面，还有床垫和两条带有花边刺绣的被罩。床头后面放了一袋最好的食品，我们时不时从里面掏出一些使我们欢呼的坚硬的瘦肉香

1　1773年歌德根据骑士葛兹·冯·贝利欣根的故事创作的一部戏剧。剧中最著名的台词是贝利欣根对敌人说的那句："亲我的屁股吧！"——编者注

肠、肝肠、罐头和香烟。每个人都拿了一袋这样的东西。

此外，克罗普和我还抢救出了两把红色的大安乐椅。它们就放在床上，我们坐在上面就像坐在剧院包厢里。我们上面鼓胀着丝绸的幔帐，像一顶华盖。每个人嘴里都叼着一支长长的雪茄。我们就这样从高处俯视这一地带。

我们中间放着一只鹦鹉笼，这是我们给那只猫准备的。我们把它也带上了，它躺在里面，面前放着一盘肉，呼噜呼噜地叫着。车在街上慢慢地滚动着。我们唱着歌。榴弹的喷泉在身后完全荒废的村庄里此起彼伏。

☮

几天以后我们被派出去撤离一个村落。我们在路上遇到了逃亡的居民。他们把所有家财放在手推车里、婴儿车里或者背在自己背上。他们弯腰驼背，脸上充满了愁苦、绝望、慌张和无奈。孩子们牵着母亲的手，通常有一个稍大一些的女孩领着几个小孩子，他们跌跌撞撞地向前走着，总是回过头看。有几个带着可怜的玩偶。所有人经过我们身边的时候都默不作声。

我们依然保持着行军的纵列，法国人当然不会攻击一个有村民居住的村庄。但几分钟后空气就开始咆哮，大地开始颤抖，尖叫声四起——一发榴弹击中了最后面的队伍。我们分散开来，扑倒在地，但在那一瞬间我感到我不再紧张了，这种紧张让我在炮火中总是能不自觉地做出正确的事，这种“你完了”的念头激起了令人窒息的可怕恐惧——在下一刻一次击打像鞭子一样掠过了我的左腿。我听到阿尔贝特在喊叫，他在我身边。

“走，起来，阿尔贝特！”我咆哮道，因为我们无遮无拦地躺在空旷的田野上。

他跌跌撞撞地起来奔跑。我跟在他身旁。我们必须翻过一道篱笆，它比我们还高。克罗普抓住树枝，我托住他的腿，他一声大叫，我就把他往上一抛，他翻了过去。我在他后面也跳了过去，摔进了篱笆后面的一个池塘里。

我们脸上沾满了浮萍和污泥，但这地方很隐蔽。于是我们就待在齐颈的水里。炮弹作响的时候我们就把头埋到水下。

这样做了十几次以后，我感到筋疲力尽。阿尔贝特也开始呻吟：“我们走吧，不然我会淹死的。”

“你哪里受伤了？”我问。

“我想是膝盖。”

“你能跑吗？”

“我觉得——”

“那走吧。”

我们跑到了排水沟里，弯着腰沿着水沟跑过去。炮火紧跟着我们。街道通往军火库。如果那里爆炸，我们谁都保不住脑袋了。因此我们改变了计划，开始斜穿田野。

阿尔贝特跑得越来越慢了。“你跑吧，我随后就来。”他说，倒了下去。

我拖起他的手臂摇晃着他：“起来，阿尔贝特，只要躺下来你就走不动了。起来，我扶着你。”

我们终于抵达了一个小小的掩护所。克罗普跌了进去，我给他包扎伤口。枪弹就在膝盖上面一点点。然后我观察自己的情况，裤子滴着血，手臂也是。阿尔贝特用他的急救包给我包扎弹孔。他的腿已经不能动了，我们两个都很奇怪我们到底是怎么跑到这里的。只可能是因为恐惧，甚至当我们的双脚都被打掉了，我们也可以奔跑——用我们的残肢。

我还可以爬行，我叫住了一辆开过的救护车，它载上了我们两个。车上装满了伤员。车上有一个一等兵护理员，他给我们的胸口打了破伤风针。

我们到了野战医院，收拾了一下就并排躺下了。他们给了我们一碗稀薄的汤，我们贪婪又轻蔑地舀着，因为我们虽然过惯了更好的日子，却也感到饥饿。

“现在可以回家了，阿尔贝特。”我说。

“但愿如此，”他回答说，“我只想知道我现在怎么样。”

疼痛加剧了，绷带像火一样燃烧。我们不断地喝着水，一杯又一杯。

“我中弹的地方离膝盖有多远？”克罗普问。

“至少有十厘米，阿尔贝特。”我回答说。实际上也许只有三厘米。

“我决定了，”过了片刻后他说，“如果他们要把我的一条腿截掉，我就自行了断。我不想作为一个残疾活在这个世界上。”

我们就这样躺着，怀揣着自己的心绪等待着。

傍晚我们被送到了屠宰场。我很吃惊，很快开始考虑我要怎么办，因为众所周知的是，野战医院里的医生很喜欢给人截肢。在伤员众多的情况下，截肢比复杂的修补工作要简单很多。我想到了克梅里希。我绝对不会被麻醉，甚至我要因此动手打人。

事情进展顺利。医生捅了捅我的伤口，弄得我眼前一黑。“您别这样。”他骂了我几句，继续拨弄着。医疗器械在明亮的灯光下闪烁着，像邪恶的野兽。我痛得难以忍受。两位护士抓住我的手臂，但我挣脱了一只，想要打碎医生的眼镜。他注意到了，就跳开了。“给这个家伙打麻醉！”他气愤地喊道。

于是我就安静了下来。“抱歉，医生先生，我会保持安静的，但您别给我打麻醉。”

“那好。”他咯咯笑着，又拿起了他的器械。他是个金发的年轻人，不到三十岁，脸上有伤疤，戴着一副讨厌的金丝眼镜。我发现他现在是在故意刁难我，他翻动着我的伤口，从他的眼镜上斜睨着我。我的手紧紧抓在一起，我死去之前都不会让他听见我的叫喊。

他取出了一块弹片，把它丢给了我。

显然我的举止令他很满意，因为他现在显得对我很关切，他说：“明天你就回家去。”然后给我上了石膏。回到克罗普身边的时候我告诉他，明天可能会有一辆军医院的火车。“我们得和那个上士军医说一下，我们要待在一起，阿尔贝特。”

我给那个上士送了两根有商标圈的雪茄，事情就办成了。他闻了闻雪茄，问道：“你还有吗？”

“还有一大把，”我告诉他，“我的战友，”我指了指克罗普，“也有不少。我们很愿意明天从军医院火车的窗户里递给您。”

他当然明白，又闻了一遍雪茄，说道：“成交。”

我们晚上一分钟也没有睡。我们的病房里死了七个人，有一个人在开始喘气之前扯着嘶哑的高音唱了一个小时的赞美诗，另一个人走下病床蜷缩在窗边。他躺在床前，好像要最后一次向外张望。

我们的担架立在火车站。我们等着火车。天下雨了，火车站没有屋顶。毯子很薄。我们已经等了两个小时，那位上士像母亲一样照顾着我们。尽管我感觉很糟，却没有放弃我们的计划。我偶尔给他看看那个小包，还预付给他一支雪茄。作为感谢，上士给我们盖上了一块帐篷布。

“天哪，阿尔贝特，”我突然想到，“我们的床和猫——”

“还有俱乐部里用的安乐椅。”他补充道。是的，用红丝绒做的安乐椅。我们坐在上面吃了王侯一般的晚餐，还打算以后按钟点出租它们。每小时一根香烟。这是一种无忧无虑的生活，也是一门生意。

“阿尔贝特，”我又想了起来，“我们的食品袋。”

我们变得忧伤。那些东西我们还会用得上的。只要火车晚一天开，卡钦斯基就肯定会找到我们，把东西带给我们。

可恶的命运。我们腹中装着面粉汤和寡淡的医院饭菜，而我们的袋子里装着烤猪肉的罐头。但我们是那么虚弱，已经不会因为这样的事激动了。

早晨的火车进站的时候，担架已经湿透了。上士费心让我们登上同一节车厢。车上有几个红十字会的护士。克罗普被安置在下铺。我被抬了起来，准备送到他的上铺。

“天哪！”我突然喊道。

“怎么了？”护士问道。

我向那张床投去目光。上面铺着一条雪白的亚麻床单，难以想象的干净亚麻，甚至还有熨烫过的褶皱。相反我的衬衣已经六周没有洗了，脏得要命。

“您自己爬不上去吗？”护士关切地问道。

“可以，”我大汗淋漓地说道，“但请您先把床具拿掉。”

“为什么呢？”

我觉得自己就像一头猪。我应该躺下吗？——“那会——”我犹豫着。

“有点脏？”她鼓励地问道，“没关系，之后我们会把它洗干净的。”

“不，不是——”我激动地说。我无法习惯这种突如其来的文明。

“既然你们在外面的战壕里躺过，我们也当然可以洗一条床单。”她继续说。

我看着她，她看起来漂亮又年轻，打扮干净整洁，和这里所有的东西一样，不是军官也可以待在这里，会令人觉得有点奇怪，甚至有点紧张。

无论如何，女人毕竟是会折磨人的，她强迫我把一切都说出来。“只是——”我停了下来，她肯定明白了我是什么意思。

“那又是什么呢？”

“因为虱子。”我终于喊了出来。

她笑了。“它们也得过过好日子啊。”

现在我不管了。我爬上床，盖上被子。有一只手抚摸过被子。那个上士。他拿走了雪茄。一个小时以后我们发现车开了。

☮

晚上我一直醒着。克罗普也辗转难眠。火车悄悄地沿着轨道滚动。一切都显得难以理解：一张床，一列火车，回家。我低语道：

“阿尔贝特！”

“在——”

“你知道厕所在哪里吗？”

“我想在门的右边。”

“我去看看。”一片漆黑，我摸到了床沿，想小心地滑下去。但我的脚没有找到立足点，我滑了下去，上着石膏的腿帮不上忙，我咔的一声倒在了地上。

“该死。”我说。

“你摔倒了吗？”克罗普问道。

“你听不出来吗？”我咕哝道，“我的头——”

车厢后面有一扇门打开了。护士拿着一盏灯出来看了看我。

“他从床上掉了下来——”

她摸了摸我的脉搏，碰一下我的额头。“但您没有发烧。”

“没有——”我承认。

“那么您是做梦了？”她问。

“差不多。”我推托道。现在盘问又开始了。她用她空茫的眼睛盯着我，她越是干净和美丽，我就越是说不出我想要做什么。

我又被抬了上去。这也不错。等她走了，我就得马上试着再次下来。如果她是个老妇人，那也可以跟她说明情况，但她是那么年轻，至多二十五岁，我什么也做不了，我没法向她开口。

这时阿尔贝特来帮我了，他不害羞，他什么事都可以说。他叫住了护士。她转过身来。“护士，他想要——”但阿尔贝特也忘了该怎么体面而无可指摘地表达这件事。我们在外面只需要说一个词，但在这里，面对着这样的一位女士——他一瞬间想起了在学校里的日子，便脱口而出：“他想要出去一下，护士。”

“原来是这样，”护士说，“但他不应该用上了石膏的腿爬下床。您想要什么？”她转向我。

我对这一新的转变感到十分震惊，因为我不知道这种东西的专业术语叫什么。护士就来帮我了。“小的还是大的？”

真是丢脸！我像猴子一样大汗淋漓，尴尬地说：“嗯，只要小的——”

无论如何，至少达成了效果。

我得到了一个瓶子。几个小时以后我就不是唯一一个了，到了早晨我们都习惯了，可以毫无羞愧地提出我们需要什么。

火车慢慢开动着。有时候车会停下，把死人抬出去。车经常停下。

☮

阿尔贝特发烧了。我倒是没有，我只是疼痛，但糟糕的是石膏下面可能有虱子。痒得可怕，我却没有办法挠。

我们整天昏睡着。风景静静地掠过窗口。在第三天晚上我们到了赫柏斯塔尔。我从护士那里听说因为阿尔贝特发烧了，下一站就要把他抬下去。

“这列火车开到哪里？”我问。

“到科隆。”

“阿尔贝特，我们待在一起。”我说，“你看着。”护士第二次巡视的时候我把呼吸逼到头上。我的脸涨红了。她站住了。

“您觉得痛吗？”

“是的，”我呻吟着，“突然开始的。”

她给了我一支体温计，然后走了。我在卡钦斯基那里已经学会了方法。这种军用体温计不是给有经验的军人设计的。你只要让水银柱升上去，它就会停在真空管里，不会再下落了。

我把体温计夹在腋下，向下倾斜，用食指不断地弹着它。然后我摇晃着它。这样我就升到了 37.9 摄氏度。但这还不够。我小心翼翼地拿一根火柴，加热到了 38.7 摄氏度。

护士回来的时候我气喘吁吁，急促地呼吸着，用有些呆滞的眼睛盯着她，不安地挪动着，低语着："我受不了了——"

她把我记在了一张小纸条上。我很清楚，我的石膏绷带不会轻易被打开。

阿尔贝特和我被一起抬了下去。

我们躺在一座天主教医院里，在同一间病房里。幸运的是，这种天主教医院是以出色的治疗和伙食闻名的。医院里住满了我们这辆车上的人，也有很多重伤员。我们今天没有人来检查，因为医生太少了。走廊里不断有装着橡皮轮的平板车推过去，总是有人直挺挺地躺在上面。一种可怕的姿势——那样伸直身体——只有在睡着的时候这才是好的。

夜晚十分平静。没有人可以入睡。快到早晨的时候我打了个盹。我醒来的时候天已经亮了。门打开了，我听到走廊里的声音。其他人也醒了。有一个已经住了几天的人向我们解释："这里的护士每天早晨都在走廊里祈祷。她们把这叫作做祷。为了你们也可以得到庇佑，她们就把门打开了。"

这当然是出于好意，却让我们的骨节和脑袋感到疼痛。

"真是荒唐，"我说，"我们刚睡着。"

"这里躺的都是轻伤员，所以她们才这样做。"他回答说。

阿尔贝特呻吟着。我生气了，就喊道："外面安静点。"

一分钟以后一个护士过来了。她穿着白色和黑色的裙子，就像一个漂亮的咖啡壶保暖套。“请您把门关上吧，护士。”有人说道。

“我们在祈祷，所以开着门。”她回答说。

“我们还想睡觉——”

“祈祷比睡觉要好。”她带着纯洁的微笑站在那里，“已经七点了。”

阿尔贝特又开始呻吟。“把门关上！”我喊道。

她很吃惊，她无法理解这种事。“我们也在为你们祈祷。”

“那也一样！把门关上！”

她走了，没有关门。冗长的祈祷又开始了。我发了狂，说道：“我从现在开始数到三。如果到了三还不停下来，我就要扔东西了。”

“我也是。”另一个人说道。

我数到了五。然后我拿了一个瓶子，瞄准了，从门口扔进了走廊。瓶子碎成了几千块。祈祷停止了。一群护士出现了，开始压抑着责备我们。

“把门关上！”我们喊道。

她们离开了。之前进来的那个小个子护士最后一个离开。“异教徒。”她小声说，但是把门关上了。我们胜利了。

☮

中午医院的检查员来训斥我们。他告诉我们这样会被监禁。但医院的检查员就相当于军粮库的检查员，或者其他佩长剑、戴肩章的文职官员，连新兵都不拿他们当回事。我们就让他讲。我们能怎么样呢——“是谁扔了那个瓶子？”他问。

在我还没考虑好要不要说之前，就有人说：“是我！”

一个蓄着散乱髭须的男人站了起来。所有人都很紧张，为什么他要承认呢？

“您？”

“是的。我很激动，把我们都吵醒也没有什么必要，我失去了理智，所以我不知道我在干什么。”他张口就来。

“您叫什么名字？”

“增援部队的后备兵约瑟夫·哈马赫。”

检查员走了。所有人都很好奇。“你为什么要说是你呢？根本不是你！”他咧嘴笑了笑。“没关系。我有一张狩猎许可证。”我们当然就都懂了。有狩猎许可证的人就可以为所欲为了。

“是的，”他说道，“我头上中了一弹，他们就给我开了一张证明，说我有时候不能对自己的行为负责。自此以后我就好过了。人们不敢惹我。我也什么事都没有。他们可能已经很生气了。我说是我干的，因为扔瓶子这件事让我觉得开心。如果他们明天还是把门打开，我们就继续砸。”

我们很开心。有约瑟夫·哈马赫在我们中间，我们什么险都敢冒了。

然后平板车悄悄地开来接我们。

绷带黏在了一起。我们像野兽一样咆哮着。

我们的病房里有八个人。伤得最重的是彼得，一个生着黑鬈发的人——肺部受到了复杂的一击。他旁边的弗朗茨·韦希特手臂中了弹，起初看起来不太严重。但在第三个晚上他喊我们按铃，他觉得自己在出血。

我使劲按下了铃铛。夜班护士没有来。那天晚上我们已经很麻烦她了，因为我们都新换了绷带，都感到疼痛。有一个人要让他的腿这样放，另一个人要那样放，第三个人要水，第四个人要把枕头抖松——那个胖老女人最后愤怒地咕哝着，撞上了门。现在她可能觉得又是那一类的事，因为她没有来。

我们等着。然后弗朗茨说："再按一次。"

我按了铃。她还是没有出现。我们这一侧在晚上只有一位值班护士，也许她刚好在别的病房里。"你确定你在出血吗，弗朗茨？"我问，"否则我们又要挨骂了。"

"都湿了。有人可以开一下灯吗？"这也不行。开关在门口，没有人站得起来。我用拇指抵住按铃，一直按到麻木。也许护士睡熟了。她们肯定也有许多工作要做，一天天下来都劳累过度了。还有固定的祈祷。

"我们要扔瓶子吗？"有狩猎许可证的约瑟夫·哈马赫问道。

"那还没有铃声响呢。"

门终于打开了。老妇人忧愁地出现了。她一注意到弗朗茨的情况就慌张起来，喊道："为什么没有人告诉我？"

"我们按了铃。我们都不能走动。"

他流了许多血，她给他包扎。早晨我们看到他的脸变得更尖削蜡黄了，他在前一天晚上看起来还很健康。现在有一位护士经常来了。

有时会有一位红十字会的护士过来帮忙。她们都很和善，但有时也会有点笨拙。换床单的时候她们常常会弄疼我们，然后就会感到害怕，于是就把人弄得更疼了。

修女要可靠一些。她们知道她们该怎么做，但我们很希望她们表现得能再愉快一些。有几个人还有点幽默感，那是很了不起的。谁不愿意帮助丽贝婷护士呢？这个神奇的护士让整个一侧都充满良好的气氛，甚至在你只能远远地望见她的时候。这样的人还有好几个。我们愿意为她们赴汤蹈火。你真的不能再抱怨了，你在这里会被修女们当作百姓来对待。相反，如果你想一想那种你必须规规矩矩地躺着的驻防部队医院，你就会感到恐惧。

弗朗茨·韦希特没有恢复过来。有一天他被抬走了，然后再也没有回来。约瑟夫·哈马赫很清楚是怎么回事：“我们见不到他了。他们把他送到死人病房去了。”

“死人病房是什么？”克罗普问道。

“这个嘛，就是垂死之人的病房——”

“那又是什么呢？”

“这一侧拐角处的小房间。快要死了的人会被送到那里去。里面有两张床。一般被称为垂死病房。”

“但他们为什么要这样做呢？”

“那以后就没有很多工作了。这样也方便些，因为它就在通向停尸房的电梯旁边。也许他们这样做是不让病房里的其他人因此而死。如果他单独待着，她们也能更好地照看他。”

“那他自己呢？”

约瑟夫耸了耸肩："一般来说他也注意不到了。"

"所有人都知道这件事吗？"

"住的时间长的人当然都知道。"

☮

下午，弗朗茨·维希特的床上来了新病人，一两天以后新来的人又被抬走了。约瑟夫打了个意味深长的手势。我们看到许多人来来去去。

有时候家属会来坐在窗边哭泣，或是尴尬地轻声言语。一个老妇人根本不想离开，但她不能在这里过夜。第二天她一早就来了，但还不够早，因为她走到床边的时候，那里已经躺着另一个人了。她只能去停尸房。她把带来的苹果给了我们。

小彼得的情况也越来越糟。他的体温记录表看起来情况很坏，有一天一辆平板车停在了他的床边。"去哪里？"他问。

"去包扎病房。"

他被抬了起来。但护士犯了个错误，从衣钩上拿下了他的军服大衣，一起放在了车上，这样她就不用跑两遍来拿衣服了。彼得马上就明白了，想从车上翻下来。"我要留在这里！"

她们按住了他。他用中了弹的肺轻声喊道："我不想去垂死病房。"

"我们是去包扎病房。"

"那你们为什么要拿我的军服外套？"他说不出更多的话了。他激动地嘶声低语："留在这里！"

她们没有回答，把他推了出去。他在门边试着坐起来。他生着黑色鬈发的头颅颤抖着，眼里盈满了泪水。“我还会回来的！我还会回来的！”他喊道。

门关上了。我们都十分激动，但都保持着沉默。最终约瑟夫开口了：“也有人说过这样的话。但一进去就不行了。”

我做了手术，呕吐了两天。医生的秘书说，我的骨头不会再愈合了。另一个人的骨头长错了地方，所以又把它们折断了。这已经很惨了。我们这批新病人里面有两个年轻的士兵是平足。那是主任医师在查房的时候发现的。“这个我们可以矫正，”他解释道，“我们会做一个小手术，然后你们就有健康的脚了。护士，把他们记下来。”

他走了以后，万事通约瑟夫就警告他们：“别去做手术！那只是那个老头的科学狂热。只要他能抓住一个人，他就发了疯。他给你们做平足手术，你们之后当然就没有平足了，你们会有一双畸形的脚，一辈子都要拄拐杖走路。”

“那要怎么办呢？”其中一个问道。

“说不要！你们来这里是为了治疗你们的枪伤的，不是你们的平足！你们在战场上有没有觉得不适？看，这就没事了！现在你们还能跑，等那个老头给你们动过刀以后，你们就成了跛子。他需要的是试验品，对他来说就像对所有医生一样，战争是一个伟大的时代。你们去看看楼下的病房，有十几个人是他做的手术。有许多人从1914年和1915年就住在这里了，住了好几年。没有一个人走起路来比以前好，几乎都不如以前了，大多数人的腿都残疾了。每过半年他又抓住他们，重新把骨头打断，这次就说会好了。你们注意，如果你们拒绝，他是不敢做手术的。”

“啊，天哪！”两个人中间的一个厌倦地说道，“最好是脚受伤，而不是脑袋受伤。你知道如果你再上前线会怎么样吗？他们想怎么做就怎么做吧，只要我能回家就行。有一只脚畸形总比死掉好。”

另外一个也像我们一样年轻，他却不想要这样。另一天早晨那个老头把两个人叫过去劝说、责骂，直到他们同意。他们还能怎么办呢——他们只是小兵，他可是个大人物。他们回来的时候上了石膏，打了麻醉。

☮

阿尔贝特的情况很糟。他被送去截肢了，整条腿都被截掉了。现在他几乎不说话了。有一次他说只要他再次拿到自己的手枪，就开枪自尽。

来了一辆新的运输车。我们的病房来了两个盲人。有一个之前是个很年轻的音乐家。护士给他送餐的时候，从来不把刀放在他旁边，他有一次就从护士手里抢过了一把刀。这样小心翼翼还是出了事。傍晚护士给他喂饭的时候被叫走了，盘子和叉子就放在桌上。他摸到了叉子，抓住它，用尽全力刺向自己的心脏，然后他抓起一只鞋在叉柄上敲着。我们喊人来帮忙，需要三个男人才能把叉子拔出来。那磨钝的叉齿已经深深扎了进去。他整个晚上都在咒骂我们，没有人入睡。早晨他发出了一阵狂叫。

许多床位又空了出来。一天天在恐惧、痛苦、呻吟和喘息中度过。死人病房也没有作用了，它太小了，我们病房里的人在晚上就死去了，比护士的处理速度要快。

但有一天门打开了，平板车推了进来，苍白瘦削的彼得直挺挺地坐在担架上，得意扬扬，一头蓬乱的黑鬈发。丽贝婷护士容光焕发地把他推到原来的床位上。他从垂死病房回来了。我们都以为他早就死了。

他环顾着四下：“现在你们怎么说？”

甚至约瑟夫也不得不承认，这种事是他第一次见。

我们中间渐渐有几个人可以站起来了。我也得到了行走用的拐杖。但我很少用它，我走在房间里的时候无法承受阿尔贝特的目光。他一直在用某种奇特的眼神看着我。因此我有时候溜到走廊上去，在那里我可以自由地走动。

下面一层躺的是腹部和脊椎、头部中弹的人和双腿或者双臂截肢的人。右侧住的是下颌中弹、中了毒气、鼻子、耳朵和咽喉中弹的人。左侧是盲人和肺部、骨盆、关节、肾脏、睾丸和胃部中弹的人。只有在这里你才能意识到，人的全身上下都可以受伤。

有两个人死于破伤风。他们皮肤苍白，四肢僵硬，最后只有眼睛还活着——长久地活着。有些伤员将骨折的肢体吊在架子上，伤口下面放一个盆，让脓水滴进去，每过两三个小时倾倒一次容器。另一些人绑着伸缩绷带躺着，用一个沉重的重物吊在窗边。我见过肠道受伤的人肠子里总是充满粪便。医生的秘书给我看过一些完全打碎的髋骨、膝盖和肩部的照片。

人很难理解，在这样破碎的肢体上面还有人类的脸，在这样的躯壳里还有每天持续着的生命。而这还只是一所医院的一个科室——这样的医院在德国有数十万家，在法国和俄罗斯也有数十万家。如果这样的事也是可能的，那么所有已经书写过、做过、思考过的事情是多么毫无意义啊！如果上千年的文明无法阻止这种血流成河，无法阻止数十万家痛苦监牢的存在，那么一切都是无关紧要的谎言。仅仅是医院就能显示出战争是什么样子了。

我很年轻，我今年二十岁，但我对生活一无所知，除了绝望、死亡、恐惧以及无意义的浅薄和痛苦深渊之间的联系。我看到不同民族彼此斗争，默默地、不知不觉地、愚蠢地、顺从地、无辜地杀害彼此。我看到世界上最聪明的头脑在发明武器、遣词造句，以使这一切更加精妙和持久。我在这里和其他地方、在整个世界的同龄人都看到了这一切，我的同代人都看到了这一切。如果我们突然站起来，走到我们的父辈面前要求一个解释，他们会怎么做呢？他们对我们有什么期待，如果没有战争？许多年来我们的工作就是杀戮——这是我们有生以来的第一个职业。我们对人生的知识局限于死亡。以后还会发生什么？我们都会变成什么样？

我们病房里年纪最大的是莱万多夫斯基。他四十岁了，因为严重的腹部中弹在医院里已经住了十个月。近几周以来他终于可以弯着腰跌跌撞撞地走路了。

几天以来他一直很激动。他妻子从波兰的小家庭里给他写信，说她已经攒够了路费，可以来这里看他了。她现在在路上，每天都有可能抵达。莱万多夫斯基茶饭不思，甚至连紫甘蓝配煎香肠也吃两口就送给别人了。他拿着那封信不断地在房间里转悠，每个人都已经看过那封信十几遍了，邮戳已经因为经常查看泛白了，字迹因为油污和手指的触摸已经难以辨认，注定会发生的事终于发生了：莱万多夫斯基发烧了，必须躺回床上。

他已经有两年没见过自己的妻子了。她在这期间生了个孩子，她把他也带来了。但莱万多夫斯基总是在想些别的，他希望等他的老伴来了可以得到一次外出许可，很明显：见面已经很好了，但如果一个男人这么久没有见到自己的妻子，那么他就还想要做别的事。

莱万多夫斯基一连几个小时讲述这些事情，因为在军队里并没有秘密。也没有人觉得这有什么。我们中间已经得到了外出许可的人告诉他城里有几处无可指摘的角落，空地和公园，不会有人来打扰他，有一个人甚至还知道一个小房间。

但那又有什么用？莱万多夫斯基忧伤地躺在床上。如果他错过了这件事，那么整个生活对他来说肯定也没有什么乐趣了。我们安慰他，向他保证我们会解决他的困扰。

次日下午他妻子来了，那是一个矮小、头发蓬乱的女人，小鸟一样的眼睛惊恐而急躁，穿着一件带有褶边和饰带的黑斗篷，大概是继承下来的。

她轻声低语着，羞怯地站在了门边。她吓到了，因为我们有六个男人。

“好啦，玛雅，”莱万多夫斯基说，冒险地咽了一口唾沫，“进来吧，他们不会对你做什么的。”

她走了一圈，跟我们每个人握了手。然后她放下孩子，孩子的尿布里已经有些东西了。她带了一个绣着珍珠的大提包，她从里面拿出干净的尿布给孩子换上，让孩子重新变得干净。这样她就度过了最初的尴尬，两个人开始交谈了。

莱万多夫斯基非常躁动，他总是非常不快地用那双凸出的圆眼睛瞥视我们。

时机刚好，医生的查房结束了，最多还会有一位护士来病房里看一点。因此我们中间有一个人出去看了看——去侦察。他回来点了点头。“没人。现在你们来吧，约翰，做吧。”

两个人停止了谈话。女人的脸涨红了，显得有点尴尬。我们善意地咧嘴笑着，打着无所谓的手势，别去管他！让所有偏见都见鬼去吧，那是属于别的时代的，这里躺着细木工人约翰·莱万多夫斯基，一个受伤致残的士兵，那里是他的妻子，谁知道他什么时候才能再见到她呢，他想要拥有她，他也应当拥有她，这就完了。

两个人站在门口观察护士的动向，准备好在她刚好路过的时候缠住她。他们大约会在那里站一刻钟左右。

莱万多夫斯基只能侧身躺着，因此有一个人拿了两个枕头垫在他背后，阿尔贝特抱着孩子，然后我们都转过去一点，那件黑斗篷消失在了被子下面，我们开始大声谈笑，吵吵闹闹地玩牌。

一切顺利。我手里拿着四张梅花，一圈几乎打完了。这时我们几乎把莱万多夫斯基忘掉了。过了一段时间孩子开始哭喊，尽管阿尔贝特绝望地把他摇来摇去。发出一点吱呀的响声，我们偶尔一瞥，我们看到孩子嘴里叼着奶瓶，又坐在了母亲的怀里。事情已经干完了。

我们现在觉得我们就是一个大家庭，女人变得相当活跃，莱万多夫斯基容光焕发、大汗淋漓地躺在那里。

他打开了那只刺绣提包，露出了几根很好的香肠，莱万多夫斯基像挥舞花束一样拿起一把刀，把肉切成了小块。他打着夸张的手势指指我们——那个矮小的、头发蓬乱的女人就依次走向我们，向我们微笑，给我们分发香肠，她现在看上去竟然很漂亮。我们叫她妈妈，她很高兴，给我们把枕头拍打蓬松。

几周以后我每天早晨都要去山德尔学院。在那里我的腿被紧紧勒住做活动。

手臂早就痊愈了。

战场上又开来了新的运输车。绷带已经不是用布做的了，而是用白色的皱纸做的。绷带布在外面变得短缺。

阿尔贝特的断腿恢复得很好，伤口几乎已经愈合了。再过几周就要去假肢部了。他的话还是很少，比以前严肃了很多。他常常突然中断对话，开始呆滞地凝视。如果他没有和我们其他人在一起，他早就死了。现在他已经度过了最坏的时期。有时候他也来旁观我们的牌局。

我得到了养伤的假期。

我的母亲不让我离开。她是那么虚弱。比上次还要糟上很多。

然后我被团里调走，重新上了战场。

和我的朋友阿尔贝特·克罗普分别是很艰难的。但你在军队里也会对这个慢慢习以为常的。

11

我们不再计算星期。我来的时候是冬天，榴弹爆炸的时候冰冻的土块几乎和弹片一样危险。现在树木已经再次抽芽。我们的生活在前线与营房之间转换。我们已经有点习惯了，战争是和癌症与结核病、流感与痢疾一样的一种死因。只是死亡发生得更加频繁，更加多样和残酷。

我们的思想是黏土，经由岁月变迁的塑造——我们休息的时候是好的，我们上战场的时候它就死了。里里外外都是弹坑。

大家都是这样，不只是我们这里是这样——以前通行的东西，现在你不再真的理解了。教养与教育上的差异几乎都被抹掉了，无法辨认。有时候它们也给了你在某种环境下利用它们的优势，但它们也有自己的缺陷，它们会引起拘束，而这正是必须克服的。好像我们从前是不同国家的货币，人们把它们融在了一起，现在都变成了同一种纹样。如果你想看出区别，你就要检视材料。我们首先是士兵，然后才是一个人，以一种古怪而又羞耻的方式。

这是一种伟大的兄弟情义，带着民歌中的伙伴之情、犯人中的团结之情和绝望之人的互助精神的光辉，从注定死亡的境况奇特地变成了一种生活的阶段，在危险之中，来自死亡的紧张与荒芜，以某种并不崇高的方式。它既是英雄主义的，也是庸俗的，如果你要评价它——但谁想要这么做呢？

正是因为这一点，恰登在听说敌人进攻的时候才飞速吃完了他那碗放了肥肉的青豆汤，因为他根本不知道自己一个小时以后是不是还活着。我们讨论了很久这样做到底对不对。卡钦斯基反对，因为他说你得考虑腹部中弹的情况，那时候肚子里塞满可比空着肚子危险。

这些事情就是我们的问题，它们对我们来说十分严峻，不可能不是这样。这里的生活处在死亡的边缘，遵循这一条极为简单的路径，局限在必不可少的事物上，其他一切都沉入了沉闷的睡眠——那就是我们的原初与我们的救赎。如果我们不是这样，我们早就发疯了、逃跑了或是死掉了。这就像是去冰冻的地带探险——所有的活动只能服务于维持生存，而且只能被迫集中于这一点。所有的其他一切都被禁止，因为会消耗不必要的力量。这是唯一一种使我们获救的方法，我经常像面对一个陌生人一样面对自己，当早先平静时光的反光像一面模糊的镜子，将我现在的存在映照在我体外，我会好奇，这种名叫生活的难以形容的活跃东西，怎么就适应了这种形态。所有其他的外在活动都在冬眠，生活只是对死亡威胁的持续戒备；它把我们变成思考的动物，为了给我们本能的武器；它让我们充满麻木，不会在恐惧面前崩溃，而有着清楚自觉的思想的时候我们却会被压倒；它唤起我们体内的战友情谊，让我们免于坠入孤寂的深渊；它赋予我们野兽的漠然，让我们在任何一刻都能感到某种积极因素，保留下来应对虚无的袭击。于是我们就过着一种封闭、隔绝的极其肤浅的生活。有时候会有一件事情闪出火光，然后会意料之外地爆发出庞大而可怕的渴望的火焰。

那些时刻是危险的，它们告诉我们那些适应仅仅是人为的，并不是简单的平静，而是为了平静的最艰难的紧张。我们生活形式的外观和野人几乎没有什么区别，但野人可以一直都是这样，因为他们本来就是这样，至多通过他们的精神努力向前推进一些，但我们的情况正相反：我们内在的力量并不致力于发展，而是退化。他们是放松且自然而然的，我们却是经过了最艰巨的努力，是勉强的。

晚上你会感到惊恐，从睡梦中醒来，被那些涌来的面孔的魔力所征服，屈服于它，把我们和黑暗分开的落脚点和界限是多么稀薄——我们是微小的火焰，仅仅靠一道薄墙抵挡着毁灭与无义的风暴，我们的光芒在其中摇曳，有时候几乎被湮灭。然后战争沉闷的咆哮声会变成一个环，把我们围拢在里面，我们一起爬进去，睁大眼睛凝视着夜晚。

我们只能在战友的呼吸声中找到安慰，我们就这样等待着天明。

☮

每一天，每个小时，每声榴弹作响和每个死者都在打磨这根纤细的落脚点，岁月很快就磨损了它。我看到它是如何在我周围渐渐倒塌。有个关于德特林的愚蠢故事。他是那种不爱和别人来往的人。他的不幸就是在一个花园里看到了一株樱桃树。我们刚好从前线回来，樱桃树在我们的新营地附近，在一条路的拐角上，在微光中令人惊异。它没有树叶，开满了白花。

傍晚德特林不见了。他最终回来的时候手里拿着几枝樱桃花。我们开他的玩笑，问他是不是要去参加婚礼。他没有回答，而是把它们放到了床上。晚上我听到他发出声响，好像在收拾东西。我预感到了不幸，就走向他。他装出若无其事的样子，我对他说：“别干傻事，德特林。”

“唉——我只是睡不着。”

“你为什么要折下那些樱桃枝？”

“我想折樱桃枝就可以折。”他固执地答道。过了片刻又说：“我家里有一个种满樱桃树的大果园。樱桃开花的时候，从放干草的阁楼上望去就像一整块床单，那么白。现在正是开花的时候。”

“也许你马上就有假了。你这种农民还可能会被遣送回家呢。”

他点点头，却已经游离开了。这些农民激动起来有一种古怪的深情，就像牛和满怀渴望的上帝的结合，一半愚蠢，一半迷醉。为了引开他的思绪，我向他要一块面包。他没说什么就给我了。那很可疑，因为他一向很吝啬。所以我就一直醒着。什么也没有发生，早晨他又和往常一样了。

可能他已经察觉到了我一直在观察他。

但第三天早晨他走了。我看到了，却没说什么，想给他时间，也许他还能逃躲。已经有许多人逃到荷兰去了。

点名的时候人们发现他不在。一周以后我们听说他被战地宪兵，那种卑鄙的军事警察逮捕。他朝着德国的方向走了下去——当然毫无希望——他所做的一切当然也是同样愚蠢的。所有人本来都知道，他当逃兵只是因为思乡和一时的迷惘，但前线后一百公里的军事法庭又懂些什么呢？——之后我们再也没有听到有关德特林的事。

☮

但这种危险，这种压抑的东西有时也以其他的方式爆发出来，就像来自一个加热过度的锅炉。说一下贝格的结局就够了。

我们的战壕早就被摧毁了，现在有一条伸缩性的防线，因此我们实际上已经没有真正的阵地战了。进攻与反击来回进行的时候就只剩下一条破碎的战线与弹坑和弹坑之间的激烈战斗。前面的防线被突破了，各个小组到处建立阵地，战争在弹坑的罗网中间进行。

我们在一个弹坑里，英军从侧边包抄我们的侧翼，就要突入我们背后了。我们被包围了起来。要投降也不容易，烟雾在我们头上飘扬，没有人能看出来我们是不是要投降，也许我们也不想投降，在这样的时候你自己都说不好。我们听到手榴弹的爆炸声靠近了。我们的机关枪瞄成半圆形在前面扫射着。冷却水蒸发完了，我们匆忙地传递着盒子，每个人尿在里面，这样我们就又有水了，可以继续射击了。但我们后面枪声越来越近，再过几分钟我们就输了。这时第二把机关枪从最短的距离发射了。它架在我们旁边的弹坑里，贝格把它弄了过来，现在反攻从后面过来，我们得到了自由，和后方也取得了联系。之后我们在良好的掩蔽下躺着的时候，有个送饭的人讲起离这里两三百步路倒着一只受了伤的通信犬。

“在哪里？”贝格问。

那个人把地方描述给他。贝格站起来走了，想把狗带过来或者把它打死。半年以前他肯定不会管这种事，而是保持着理智。我们试着拦住他，但他真的要走的时候我们只能说：“你疯了！”就让他去了。因为这种前线的发作可能会很危险，如果你不立刻把那个人摔在地上紧紧按住。而贝格身高一米八，是整个连队最强壮的人。

他是真的疯了，因为他必须穿过火力网。

但这道在我们头顶潜伏的闪电击中了他，使他发了疯。别人也发了疯，开始狂叫、奔跑，有一个人用手、脚和嘴不断地挖土，想钻到地里面去。这种事情当然只是在模仿，但模仿也已经是个征兆了。想要打死那条狗的贝格在骨盆上中了一枪，有一个去抬他的人在抬他的时候腿肚子中了一弹。

默勒死了。人们从近处往他的腹部打了一发信号弹。他在完全清醒的状态下又活了半个小时，痛得可怕。死前他把自己的皮夹交给我，把他的长筒靴送给了我——就是他从克梅里希那里得到的那双。我穿上它们，因为它们很合适。我死后这双靴子将给恰登，我已经答应他了。

尽管我们已经葬下了默勒，他却无法安眠太久。我们的战线正在后撤。那边有许多新来的英国和美国军团，有许多罐装牛肉和白面包，还有太多的新式大炮，太多的飞机。

但我们饿得消瘦。我们的伙食很差，掺了很多代用品，我们都病了。德国工厂的老板都成了有钱人——痢疾却使我们肠胃刺痛，厕所蹲架上总是挤得满满的——应该让祖国的那些人，来这里看看这些灰黄、悲惨、瘦削的面孔，看看这些蜷曲起来的身体。腹痛绞出了他们体内的鲜血，他们却还咧着扭曲、痛苦颤抖的嘴唇笑着说："把裤子再拉起来也没什么意义……"

我们的炮击停止了——炮弹太少了，炮筒也磨损了，瞄得不准，有时候会掉到我们这边来。我们的马也太少了。我们新来的部队都是些贫血的、需要休息的孩子，连背包也背不动，但已经知道怎么去送死了。这样的人有成千上万。他们根本不懂战争，只是冲上前让自己被打死。一个飞行员为了取乐，就把他们两个连队的人都打死了，他们才刚刚从火车上下来，根本不知道怎么掩护。

“德国很快就会变得空空如也。”卡钦斯基说。

我们不再抱有这一切还会结束的希望。我们根本没有想那么远。你可能中了一弹就死了，你可能受了伤就去了医院。如果你没有被截肢，那么你早晚会落到这样一个军医官的手里，他纽扣孔里佩着一枚战争功勋十字章，对你说道：“什么，一条腿短了一点？如果你有勇气，在前线你也不需要奔跑。这个人可用于作战。去吧！”

卡钦斯基讲了个故事，整个前线从孚日到佛兰德都在讲这个故事——是关于一个军医官的，他念着体检名单上的名字，当一个人走到他面前的时候，他连看也不看一眼就说：“可用于作战。我们那边需要战士。”一个装着木腿的人走到他面前，军医官又说：“可用于作战。”“于是，”卡钦斯基扬起嗓音，“那个人对他说：‘我已经有了一条木头腿，但如果我再回去被打掉了脑袋，我就去装一个木脑袋，就变成军医官了！’”——我们都很喜欢这个回答。

也许有好医生，也许还很多。但每一个士兵在上百次的检查中总有一次落到这些为数众多的英雄捕手那里，他们竭尽全力把名单上的“可用于工作”和“可用于防卫”尽可能都变成“可用于作战”。

有许多这样的故事，有时候还要苦涩得多。尽管如此，它们却与叛乱和诽谤毫不相干，它们只是诚挚的实事求是，因为军队里就是有许多欺骗、不公与卑鄙。尽管一个团又一个团地投入那越来越没有希望的战斗，尽管一次又一次进攻都伴随着越来越后退、越来越崩裂的防线，那又算得了什么呢？

坦克已经从嘲笑的对象变成了重型武器。它们装着铁甲，排成长列滚过来，对我们来说比其他任何东西都能展现出战争的恐怖。

我们看不到向我们发出密集炮火的大炮，敌军的进攻行列也是像我们一样的人。但坦克是机器，它们的履带像战争一样无休无止，它们就是毁灭，当它们毫无感觉地滚进弹坑，再不可阻挡地爬上去，那是一队咆哮的、吞云吐雾的装甲，刀枪不入，是一些把死者和伤者碾碎的钢铁野兽。——在它们面前，我们在我们薄薄的皮肤下面皱缩成一团，在它们的庞大的重力面前，我们的手臂变成了稻草，我们的手榴弹变成了火柴。

榴弹、毒气与成群的坦克——碾碎，吞噬，死亡。

痢疾、流感与伤寒——阻塞，燃烧，死亡。

战壕、医院与群葬墓——没有其他的可能。

☮

我们的连长贝尔廷克在一次进攻中阵亡了。他是最出色的前线军官之一，在所有危急的场合都冲在最前面，和我们作战的这两年里他从来没有负过伤，所以最后还是得发生点什么事。我们坐在一个弹坑里，被包围住了。油或汽油的恶臭和火药的烟气一起吹了过来。我们发现两个人带着火焰喷射器，一个人背上背着一只箱子，另一个人双手抓着一根软管，火从管子里喷出来。如果他们逼近，到了我们这里，我们就完了，因为那时候我们就没有退路了。

我们向他们开火，他们却逼近了，这很糟糕。贝尔廷克和我们一起躺在弹坑里。当他发现我们没有打中，因为我们在猛烈的火力下必须十分注意掩蔽，他就拿起一支步枪，爬出弹坑，躺着把自己撑起来。他开了枪——在同一刻有一颗子弹打了过去，他被打中了。他仍然躺在那里再次瞄准——移动了一下位置，然后重新瞄准，终于开了枪。贝尔廷克让枪掉到了地上，说了一声：“好。”就滑了回来。两个带着火焰喷射器的人里面后面的那个受了伤，倒了下去，软管从另一个人手里滑了出来，火焰朝四处喷射，这个人被烧死了。

贝尔廷克胸部中了弹。过了一会儿，一块弹片削掉了他的下巴。这块碎片还有力量打裂了雷尔的屁股。雷尔呻吟着，用手臂支撑着自己，他流血流得很快，没有人能帮他。两三分钟以后，他就像一根流空的软管一样倒下了。他在学校里是那么出色的数学教师，但现在这又有什么用呢？

几个月过去了。1918 年夏天是流血最多、最艰难的季节。日子就像金黄碧蓝的天使不可思议地立在毁灭的圆环上。这里人人都知道，我们输掉了战争。大家谈论得并不多，我们后退着，在这次大进攻之后我们不可能再进攻了，我们没有人员，也没有弹药了。但战争还是在继续——死亡还是在继续——1918 年夏天——我们从未像现在这么渴望最基本的生活——我们营房草地上的红罂粟，草茎上光滑的甲虫，晦暗阴冷的房间里温暖的傍晚，薄暮时分神秘黝黑的树林，星星与流水，梦境与长眠——哦，生活，生活，生活！

1918 年夏天——我们从来没有像重上前线的那一刻那样默默忍受。那令人激动的关于停战与和平传闻沸沸扬扬，此起彼伏，让我们内心凌乱，使得启程比任何时候都艰难！

1918 年夏天——生活从未像这些炮轰的时刻这么痛苦、这么充满恐怖，当苍白的面孔躺在污泥里，双手痉挛地抓着唯一的念头：不！不！不是现在！不是现在这最后一刻！

1918年夏天——希望之风吹过烧焦的田野，还有焦急与失望的狂热、最使人痛苦的对死亡的恐惧和一个无法理解的问题：为什么？为什么还不结束？为什么关于结束的传言四起？

这里有许多飞机，飞得都很平稳，追捕一个一个的人就像在追捕野兔。一架德国飞机会引来至少五架英国和美国飞机。战壕里一个饥饿疲惫的德国兵会引来五个强壮且生气勃勃的敌军。德国有一块军粮面包，那边就有五十听罐头肉。我们不是被打败的，因为我们是更优秀、更有经验的战士，我们就是被压倒性的强力压垮和逼退的。

我们度过了几周的雨天——灰暗的天空，灰暗的烂泥，灰暗的死亡。我们一走出去，雨水就淋透了我们的外衣与其他衣服——在前线的日子一直都是这样。我们身上就没有干过。还有长筒靴的人就把沙袋绑在上面，以使泥浆不那么快地渗进去。步枪生锈了，制服黏住了，一切都在流动、溶解，一块滴着水的潮湿而油腻的大地块，上面浑黄的池塘里漂着螺旋形的鲜红血痕，死者、伤者和幸存者都慢慢沉落。

暴风雨鞭笞着我们，弹片的冰雹冲破了一片灰黄，让伤者发出孩子般尖厉的呼叫，在晚上，支离破碎的生命在沉寂中艰难地呻吟。我们的手变成了泥土，身体变成了烂泥，眼睛变成了雨水的池塘。我们不知道自己是不是还活着。

然后热浪像一只水母，闷湿地坠入了我们的弹坑，在这样的暮夏的一天里，在一次送饭的时候，卡钦斯基倒下了。只有我们两个人。

我给他包扎伤口，胫骨似乎被打碎了。子弹打到了骨头，卡钦斯基绝望地呻吟着："就在现在——刚好是现在——"我安慰他："谁知道这场灾难还要持续多久啊！你现在得救了——"

伤口开始大出血，不能把卡钦斯基一个人留下来而去尝试着取担架。我也不知道附近哪里有医疗站。

卡钦斯基不是很重，因此我把他背在背上，和他一起回到包扎的地方。

我们休息了两次。我背他的时候他痛得厉害。我们不太说话。我解开了我外衣的领子，大喘着气，全身出汗，脸因为背上的重量肿了起来。尽管如此，我还是催他继续走，因为这一地带很危险。

"再往前走走，卡钦斯基？"

"一定要，保罗。"

"那走吧。"

我把他扶起来，他用没有受伤的腿站着，倚靠在一棵树上。然后我小心地抓住他受伤的腿，他猛地一抖，我把那条好腿的膝盖也夹在臂下。我们的道路越发艰险，不时有一发榴弹打过来。我尽可能快速地前进，因为卡钦斯基的伤口往地上一滴滴地滴落着鲜血。我们在炮弹中没法好好保护自己，因为还不等我们找到掩蔽处，炮弹就停止了。为了等候，我们躺在一个小弹坑里。我从自己的军用水壶里倒了点茶给卡钦斯基。我们抽了一支烟。"好吧，卡钦斯基，"我忧伤地说，"现在我们还是要分开了。"

他沉默地看着我。

"你还记得吗，卡钦斯基，我们是怎样征服那只鹅的？你是怎样把我从灾难中救出来的，那时候我还是一个小新兵，是第一次负伤。那时我还哭了呢。卡钦斯基，差不多过去三年了。"

他点点头。

对独处的恐惧在我心里升起。卡钦斯基被送走以后，我在这里就一个朋友也没有了。

“卡钦斯基，无论如何我们一定还要再见面的，或许在你回来之前，真正的和平就到来了。”

“你觉得我关节受了这样的伤，会不会再被列为‘可用于作战’？”他痛苦地问。

“你休息一阵就会痊愈的。关节没问题，也许可以康复。”

“再给我一支烟。”他说。

“也许以后我们可以一起做点什么事情，卡钦斯基。”——我十分难过，这是不可能的，因为卡钦斯基——卡钦斯基，我的朋友，垂着双肩、留着稀薄而湿透的胡髭的卡钦斯基，我对他比对任何人都了解，我们一起度过了这些年月——这是不可能的，因为我也许再也见不到卡钦斯基了。

“不管怎样，把你的地址给我，卡钦斯基。这是我的地址，我给你写下来。”我把地址抄在笔记本上。我已经是那么孤独，尽管他还坐在我身边。为了留在他身边，我该不该赶紧给自己的脚打一枪？卡钦斯基突然咕哝了几声，脸色变得青黄了。“我们继续走吧。”他吞吞吐吐地说。

我跳起来，热情地帮助他，我把他背了起来，开始奔跑，是那种稳重的、缓慢的长距离跑步，这样他的腿不会摆动得太厉害。

我的喉咙发干，眼前飞舞着红色和黑色，我顽强而毫不怜惜地跌绊着，终于赶到了医疗站。

我在那里膝盖一曲，但还有足够的力量倒在卡钦斯基那条好腿的一侧。几分钟以后我慢慢地站起来。我的腿和手都在发抖，我费了一番力气才找到我的军用水壶，我想喝一口水。

喝水的时候嘴唇也在颤抖。

但我微笑着——卡钦斯基安全了。

过了片刻，我便认出了耳朵里的嘈杂的噪音。

“你本来可以省点力气的。”一个卫生员说。

我不解地望着他。

他指了指卡钦斯基。“他已经死了。”

我不懂。“他胫骨中了一弹。”我说。

卫生员还站在那里。“那也一样——”我转过身去。我的眼睛依然浑浊，我重新开始冒汗水，汗水流过了眼睑。我抹掉了汗水，望向卡钦斯基。

他静静地躺在那里。“晕过去了。”我很快地说道。

卫生员轻轻地嘘了口气：“这还是我懂得更多。他死了。我敢打赌。”

我摇了摇头：“不可能！十分钟前我还和他说过话。他是晕过去了。”

卡钦斯基的手是温热的，我抓住他的肩膀，想用茶水给他擦洗一下。然后我发现我的手指湿了。当我把手指从他脑后抽出来，它们已经鲜血淋漓。卫生员又从牙缝里嘘了口气：“你看——”

在半路上，卡钦斯基头上中了一弹，这我没有注意到。上面只有一个很小的洞，肯定是一片极小的流弹碎片。但那也够了。卡钦斯基死了。

我慢慢地站起身来。

“你要不要把他的薪资簿和其他东西拿走？”那个一等兵问我。我点点头，他把东西给了我。

卫生员很惊奇。“你们不是亲属吧？”不，我们不是亲属。不，我们不是亲属。我在走吗？我还有脚吗？我抬起眼睛，我让它们环视四下，我也跟着它们转动，一圈，又一圈，直到我停住脚步。一切都和往常一样，只是志愿军战士斯坦尼斯劳斯·卡钦斯基已经死了。别的我就都不知道了。

12

已经是秋天了。老兵剩下来的已经不多了。我是我们班里在这里的七个人里面的最后一个。

人人都在谈论和平和停战。人人都在等待。如果又是一次失望，他们就会崩溃的。希望是那么强烈，如果不爆发出来，是不会被打消的。如果没有和平，那就是革命。

我得到了十四天的休假，因为我吞了一点毒气。我整天都坐在一座小花园里晒太阳。马上就要停战了，我现在也信了。然后我们就都可以回家了。

我的思想停在这里，没有继续远走。那超越一切的、吸引着我、等待着我的是情感，是对生命的渴求，是对家庭的感怀，是鲜血，是对救赎的陶醉，却没有目的。

如果我们在1916年回家，我们也许会因为痛苦与我们经历的力量掀起一场风暴。如果我们现在回去，我们已经疲倦、坍塌、焚毁、失去了根基和希望。我们将再也找不到方向。人们也不会理解我们——因为在我们之前成长的一代尽管和我们一起度过了这些岁月，却有自己的家业，现在会回到过去的位置上，在那里忘掉战争；而在我们之后成长的一代，会像我们从前一样，和我们彻底疏远，将我们推到一旁。对我们自己来说我们也是多余的，我们的年龄增长，有些人会适应，有些人会顺从，许多人会焦躁不安——岁月流逝，最终我们将毁灭。

但也许我想到的这一切只是忧伤与惊愕，当我再次站在杨树下听着树叶的窸窣，它们就会消散。那些使我们血液沸腾的温存，那些不确定的、惊人的、即将来到的东西，未来的千种故事，梦里和书里的旋律，预感到女人的陶醉，这一切不可能都结束了，这一切不可能已经在炮火、绝望与军官妓院里消失了。

这里的树木闪烁着彩色和金光，山梨的果实在树叶之间显现出鲜红，乡间公路雪白地直通向地平线，食堂像蜂窝一样轰响着和平的谣言。

我站起身来。

我十分平静。让那些年月到来吧，它们不会再夺走我的什么，它们已经夺不走我的什么了。我是那么孤独，毫无期待，可以无所畏惧地面对它们了。这些年来我所承受的生活仍在我的手中和眼中。我不知道我是不是已经征服了它。但只要它还在，它就会找寻自己的出路，无论我体内的"我"说什么，愿意或不愿意。

☮

他在 1918 年 10 月倒下了，那天整个前线是那么安宁和平静，军队报告上只写了一句话：西线无战事。

他向前倒下，像睡着了一样倒在地上。当人们把他翻过来的时候，人们发现他没有遭受太久的折磨——他的脸上呈现着如此平静的表情，好像他对这样的结局几乎感到了满意。

三
个
圈

经典就读三个圈　导读解读样样全

三个圈

独家文学手册

《西线无战事》

人物资料卡

保罗·博伊默

学生

19岁参战

喜欢收集蝴蝶标本。

1918年，平静地死于西线战场，当天战报上写着“西线无战事”。

阿尔贝特·克罗普

学生，保罗同班同学

19岁参战

思维清晰，几人中最先成为二等兵。

在战争中失去了一条腿，

曾想过开枪自杀。

默勒·V

学生，保罗同班同学

19岁参战

一直背着中学课本，

想着有一天能参加特考，拿到毕业证书

肚子被信号弹击中，半小时后死去。

雷尔

学生，保罗同班同学

19岁参战

长着络腮胡子，喜欢姑娘，

几人中第一个有过恋情的人。

屁股被弹片打中，

两三分钟后因失血过多而死去。

恰登

钳工

19岁参战

瘦弱，却最能吃。是个乐观的滑头。

有遗尿症，在训练营被恶意“教育”，

后来他报复了回去。

海埃·韦斯特许斯
泥煤挖掘工
19岁参战

喜欢用拳头解决事情。
因在战场上被炸掉背部而死去。

斯坦尼斯劳斯·卡钦斯基
前线老兵、小组的头儿
40岁

坚韧、聪明、机灵、敏锐，总能找到
1918年，被子弹打碎胫骨，
随后被流弹击中后脑，最终死去。

《西线无战事》

第一次世界大战历史照片

- **西线战场的三大战役**
- **一战中首次投入使用的武器装备**
- **记录一战的人和物**

1914年，第一次世界大战爆发。这是欧洲历史上破坏性最强的战争之一。约6500万人参战、2000万人受伤，超过1600万人丧生（约900万士兵和700万平民）。战争在以德、意、奥匈帝国为主的同盟国和英、法、俄等国家组成的协约国之间进行。到战争后期，越来越多的国家卷入进来。一些珍贵的图片资料记录下了真实的战场，毫不掩饰地呈现出战争的残酷。

西线战场的三大战役

第一次世界大战从开始到结束的四年时间里，共发生过100多次战斗。在“一战”中有三大战役对整个战争具有决定性作用。这三大战役都发生在欧洲战场的西线，三大战役交战双方均投入大量兵力，消耗巨大，伤亡惨重。

英军和德军伤员 / Ernest Brooks 摄于 1916年7月19日

1914年，马恩河战役前线的德国士兵

马恩河战役

马恩河战役又名“马恩河奇迹”，是第一次世界大战西部战线的一场战役，发生在1914年9月5日至12日。在这场战役中，英法联军合力挡住了德国军队的攻势。“施里芬计划”破产，西线陷入了旷日持久的阵地战。

在这次战役中，法国使用了大约600辆雷诺出租车将6000名法军后备军运送到前线。**双方共投入超过200万的兵力，英法联军约有26.3万名士兵伤亡，德军约有25万名士兵伤亡**。

1915年比利时布鲁塞尔附近，一架法国飞机在尝试攻击齐柏林飞艇失败后，紧急迫降并幸运地挂在了树上，飞行员正试图从飞机中爬出。

凡尔登战役

凡尔登战役是第一次世界大战中破坏性最大、持续时间最长的战役。战事从1916年2月21日持续到12月19日，**德、法两国各投入100多个师的兵力，军队死亡人数超过25万，受伤人数超过50万，此役被称为“凡尔登绞肉机”**。

法国战马在去往凡尔登路上的河中休息

索姆河战役

索姆河战役是第一次世界大战中规模最大的一次会战，发生在1916年6月24日到11月18日之间。英、法两国联军为突破德军防御并将其击退到法德边境，在位于法国北方的索姆河区域实施作战。**索姆河战役是一战中最惨烈的阵地战，双方伤亡共计近130万人**。这场战役中，坦克第一次被投入实战。索姆河战役极度残酷，因此又被称为“索姆河地狱”。

1916年7月至11月的索姆河战役，在被占领的德国战壕中，死去的德国士兵身上布满了苍蝇和蛆

这是一名年轻的德国士兵，在1916年参加索姆河战役时拍的照片。他戴着M1916钢盔。这张照片中的人据称是本书作者雷马克。

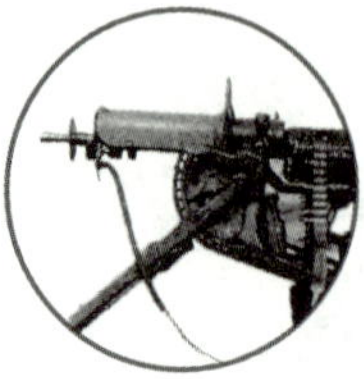

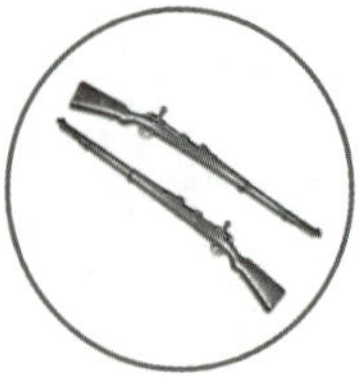

一战中首次投入使用的武器装备

在第一次世界大战期间，作战双方为了取胜研制出很多新武器，有一些迅速显示出大规模杀伤性。马克沁重机枪、坦克、毒气等都始现于一战，这些武器毁灭了整整一代欧洲人。

坦克

第一次世界大战期间，交战双方为突破由堑壕、铁丝网和机枪火力点组成的防御阵地，迫切需要研制一种火力、机动、防护三者有机结合的新型武器。坦克应运而生。1916年，英国生产了马克Ⅰ型坦克，外廓呈菱形，刚性悬挂，车体两侧履带架上有突出的炮座，两条履带从顶上绕过车体，车后伸出一对转向轮。该坦克可乘8人，分“雄性”和“雌性”两种。“雄性”装有2门57毫米火炮和4挺机枪，“雌性”装5挺机枪。1916年9月15日，索姆河战役中，有60辆马克Ⅰ型坦克首次投入使用。

1916年9月25日，在锡普瓦尔附近的英国马克Ⅰ型“雄性”坦克

铁丝网

铁丝网在一战中是一种用来给攻击方增加障碍的“低技术”产品，但这一不起眼的发明，在战争中也造成了成千上万人的死亡。一名高地步兵团的士兵回忆索姆河战役时说道：“他们的尸体挂在铁丝网上，被打成了筛子。就好像在堤坝前被射杀的牛群！”

1916年索姆河战役中，博蒙特·哈默尔地区带刺的铁丝网。铁丝网促进了坦克这种新型战场武器的使用

MG08式德国马克沁重机枪

马克沁机枪诞生于一战前，但它真正出风头还是在第一次世界大战。当时德军装备了MG08式马克沁重机枪，每分钟能发射450～500发子弹。从那以后，各国军队相继配备马克沁重机枪，马克沁由此成为著名的杀人利器。

毛瑟Gewehr98步枪

7.92 mm口径的毛瑟Gewehr98是德国军队的标准武器，顾名思义，是1898年由Peter Paul Mauser（1838－1914）设计的。它的设计比大多数同时代产品优越，将回形针和弹匣合并为一个可拆卸的部件，从而节省了宝贵的装弹时间。

它的优点是有合适的瞄准镜，非常适合狙击。但是，不适合快速射击。

毒气

尽管人们普遍认为德军是第一批使用毒气的人，但实际上它最初是由法国人部署的。在战争的第一个月，即1914年8月，他们向德国人发射了催泪弹（二甲苯基溴化物）。尽管如此，德国依然是第一次世界大战期间第一个认真研究化学武器发展的国家，也是第一个大规模使用化学武器的国家。

1915年4月22日，德国军队首次使用氯气进行化学战，造成约1100名盟军士兵丧生，另有数量不明的人受伤。目击者将这种影响描述为“头部有烧灼感，肺部红肿，喉咙被扼杀者抓住”。后来美国参战时，协约国已研发出带有可吸收氯气的化学吸收剂的防毒面具。

德军防毒面具，1915—1918年

“土豆捣碎器”——德国M24型手榴弹

一战爆发后，手榴弹被视为一种主要用于围攻战的专业武器。

1915年，德军选择了M24柄式手榴弹，该手榴弹被德国用在两次世界大战中。它的外形与其他手榴弹明显不同，因此被英军戏称为“土豆捣碎器”。

“土豆捣碎器”是一种依靠爆炸产生杀伤力的高爆武器，这使得它在堑壕等狭小空间中非常有效。

M24有一条贯通握柄的拉索。早期型号的M24拉索暴露在外，有被外物钩住引爆手榴弹的危险。意识到这一点后，设计师在后期型号的M24上用一个瓷盖把拉索保护起来。士兵使用手榴弹时，取下瓷盖，拉动拉索，引信燃烧约5秒后，手榴弹起爆。柄式设计使手榴弹易于投掷，同时，加长的手柄，使其有了惊人的投掷距离（28~37米）。

M1915尖顶盔

1915年普鲁士步兵曾使用的尖顶盔，1916年以后被没有尖刺的钢制头盔取代，也就是后来著名的“德式钢盔”，而尖顶盔则成了高级将领的装备，毕竟他们都远离战火。装备钢制头盔后，德军头部受伤致死的人数降低了七成。

记录一战的人和物

一张明信片——1918年炮火轰击后留下的废墟

生活是在战壕中被总结出来的，
这句话后来成为一句著名的话：

“生活是极端恐怖中的无聊时刻。”

（Months of boredom punctuated by moments of extreme terror.）

战壕中正在写家信的士兵

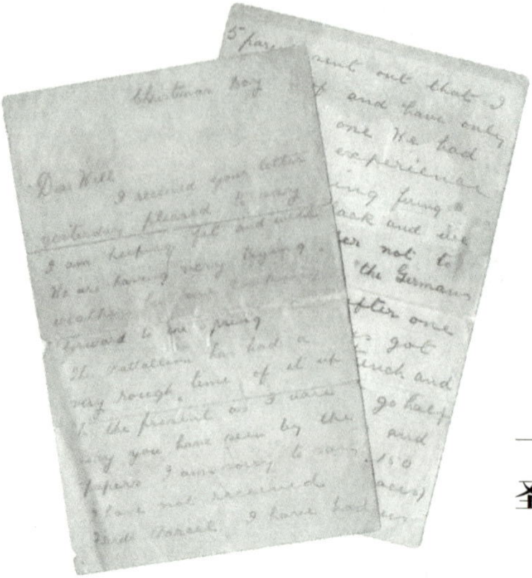

一封透露了第一次世界大战圣诞节休战细节的信

一位被称为“弗雷德”的英国士兵在信件中告诉家人一件“有趣的经历”。他看到交战双方从战壕中出来，在“无人区”中间会合。“弗雷德”在信中写道：

> 我身体健康。这里天气非常恶劣，但我期待春天。
>
> ……到目前为止，这个营的日子很艰难。
>
> 我忘不了今天早上那有趣的经历，开火变得松懈，我们下令不开火，除非德国人开火。
>
> 不久，一名德国人走出战壕，喊我们也走一半的路（我们与他们战壕之间的距离大约为150码）。
>
> 大约有12个人向前走，不久我们所有人都从战壕中出来，与德国人握手并交换香烟。
>
> 有人给了我一些雪茄和饼干，由于我没有其他拿得出手的东西，我把格茨寄来的圣诞贺卡留给了他。
>
> 告诉格茨，他的贺卡将比他预期的走得更远。

朗姆酒罐

“S. R. D”是Supply Reserve Depot的缩写，意思是“供应储备库”。这种灰褐色陶罐在英军战壕里用来装朗姆酒。常常被士兵称为“很快就喝光”（Soon Runs Dry）或者“很少到货”（Seldom Reaches Destination）。

在一战中，X射线已使用在治疗战地伤员上。但在战争之初，只有少数医院配备X光机，与前线相距甚远。

居里夫人制造的“放射汽车”（即装有X光机和摄影暗室设备的汽车）可以直接开到前线，外科医生就可以使用X光机为受伤士兵检查。

除了建造流动的“放射汽车”外，居里夫人还监督建设了200个战地医院固定放射室。在一战中接受X光检查的受伤士兵人数超过100万。

这位历史上首位获得诺贝尔奖的女性，为第一次世界大战做出了卓越贡献。

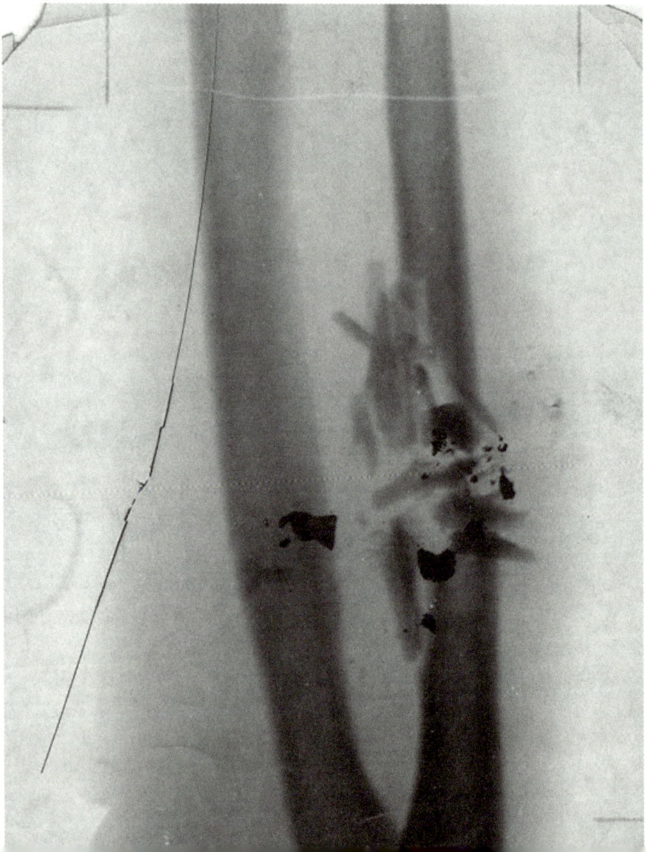

第一次世界大战中的X光片

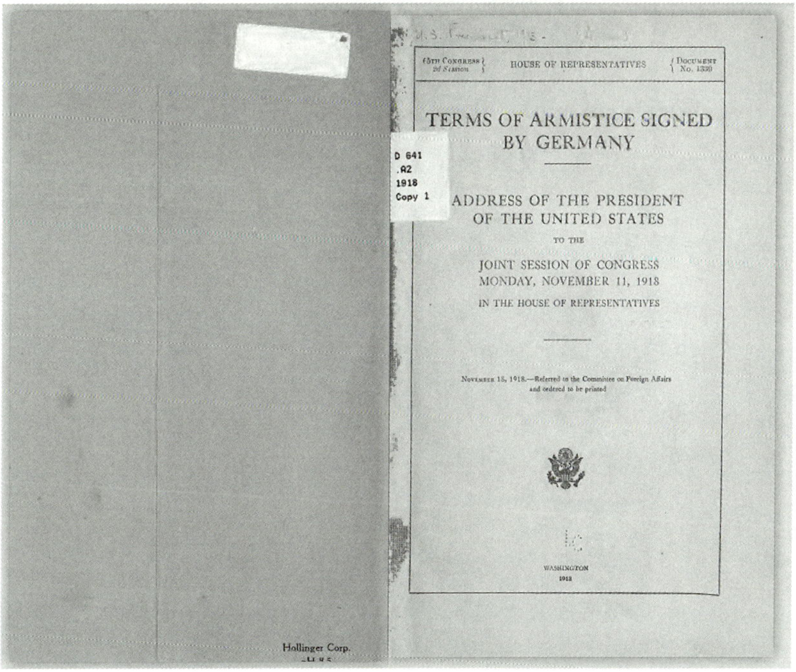

65th Congress, 2d Session | HOUSE OF REPRESENTATIVES | Document No. 1330

TERMS OF ARMISTICE SIGNED BY GERMANY

ADDRESS OF THE PRESIDENT OF THE UNITED STATES

TO THE

JOINT SESSION OF CONGRESS
MONDAY, NOVEMBER 11, 1918
IN THE HOUSE OF REPRESENTATIVES

November 15, 1918.—Referred to the Committee on Foreign Affairs and ordered to be printed

WASHINGTON
1918

德国签署的停战协议

1929年美国版初版封面，Little Brown出版

《西线无战事》

1929年，美国出版了第一版《西线无战事》。这本书最早于1928年11至12月连载于德国报纸《福斯报》。

一战亲历者语录

1914年前往前线的德国士兵
战争初期，各方都认为战争很快会结束。

整片土地都“种满”了弹壳，炮弹坑里全是水，如果没有被子弹打死，还有可能会掉进水坑里淹死。破烂的马车和死去的马都被移到路边，在那里还有很多死去的士兵。在救护车里死去的士兵被卸下来，无神的眼睛怔怔地盯着你。有的人没有胳膊，有的人少了一条腿。所有人都在冲刺、奔跑，想要从必死无疑的枪林弹雨中逃出一条生路。今天我见到了战争的真实面目。

——德国火枪手 汉斯·奥托·舍特尔

机枪手从未做过如此直截了当的工作，他们也从未如此无休止地开枪。他们站在火步上，甚至站在栏杆上，欣喜若狂地向开阔草地上朝他们走来的人群开火。整片土地都是燃烧的战火，成百上千的士兵就倒在这片战火之中，场面可谓惨绝人寰。

——德国某团士兵日记，在卢斯战役之后

*1915年9月卢斯战役中，8264名英军（整个兵团共10000人）在三小时之内受伤或死亡

堪称奇迹的是我们并没有全部冻死。事实上，我的伙伴中只有一个人在回来之前冻死了，但我不知道有多少人住进了医院。我们曾被困在冰冷的沙漠里，地平线上没有一丝生命的迹象，却有无数死亡的迹象。

——威尔弗雷德·欧文，写给他母亲的信，1917年2月

在记录大战数据的书中，俄罗斯的伤亡被抹去了。具体数字至今未知。是五百万，还是八百万？我们自己是不知道的。我们只知道，在对抗俄罗斯人的同时，我们要把成堆的敌方士兵的尸体从我们的战壕前移开，这样才能发动新一轮的进攻。

——德国陆军元帅 保罗·冯·兴登堡，1917

我应征入伍，进入医院。我给他们清理伤口，涂上碘酒，灌肠，输血。如果医生吩咐："布莱希特，截肢！"我会说："遵命，大人！"然后切掉一条腿。如果他告诉我："头颅开孔！"我会打开病人的头骨，对着他的大脑乱搞一通。我看到他们如何修补这些士兵，然后再一车一车将他们运往前线，越快越好。

——德国剧作家、诗人 贝托特·布莱希特，1918

整个冬天，我们都在收治支气管炎和风湿病人。有些支气管炎病人和中毒气的人一样惨，但风湿病人的情况是最糟糕的。看到这些年轻人因为风湿病完全残废，时常弯着腰，像八十岁的老人，而不是二十多岁的小伙子，真是可悲。他们遭受了极大的痛苦。

——玛丽·斯托拉德护士，利兹贝克特公园军事医院这些患炮弹休克症的男孩很可怜，他们中很多人对自己大小便失禁的事实非常敏感。他们会说："护士，十分抱歉，我浑身发抖，无法控制。想想看，我这个年纪居然还尿床！"

——玛丽·斯托拉德护士，利兹贝克特公园军事医院

你可以在报纸上读到："他们在流血受难的地方安息，而枪声还在坟墓上轰鸣，为他们的英勇牺牲报仇。"谁也不会想到敌人还在开火，炮弹直冲英雄们的坟墓，他们的尸骨和那些被风吹散到各处的污物混在一起——几个星期后，这些士兵最后的安息之地被沼泽吞没了。

——巴伐利亚军团炮兵 格哈德·居特勒

对一个有着大好前途的年轻人来说，几乎每天都要接受死亡的消息并不容易。然而，一段时间之后，我就习惯了"英年早逝"这个概念。奇怪的是，它带来一种舒缓的效果，让我不再过度担忧了。正因如此，我渐渐不再害怕受伤或被杀了。

——德国志愿士兵 莱因霍尔德·斯宾格勒

第一次世界大战
交战双方军民的死亡人数

协约国士兵伤亡人数	4 833 404
比利时	38170
英国	744 000
澳大利亚	61527
加拿大	56638
印度	64449
新西兰	18166
南非	7121
法国	1 150 000
纽芬兰	1204
希腊	5000
意大利	460 000
葡萄牙	7222
日本	300
黑山	3000
罗马尼亚	335 706
俄罗斯帝国	1 700 000
塞尔维亚	127 500
美国	53402

同盟国士兵伤亡人数	3 208 785
奥匈帝国	1 016 200
保加利亚	87500
德意志帝国	1 800 000
奥斯曼帝国	305 085

平民伤亡人数	626 699
加拿大	1963
英国	16829
比利时	23700
法国	40000
意大利	3400
葡萄牙	13
罗马尼亚	130 000
俄罗斯	410 000
美国	757
奥匈帝国	120 000
德国	720
奥斯曼帝国	1 500 000

（数据来源：维基百科）

死者的遗言不是要报仇，而是永远不再有。

——埃里希·玛丽亚·雷马克《归途》

欢迎您从《西线无战事》走进读客三个圈经典文库

亲爱的读者，感谢您选择读客三个圈经典文库。

我们的封面统一使用“三个圈”的设计，读者可以凭借封面上形式各异的“三个圈”找到我们，走进经典的世界。

你想成为什么样的人？

对你来说什么是重要的？

这个世界应该是什么样子？

我们在生命中遇到的这些问题，或许可以在浩如烟海的文学经典中找到答案。

跟随读客三个圈经典文库，认识世界、塑造自我，成为更好的人！

《漫长的告别》

《西西弗神话》

《人间失格》

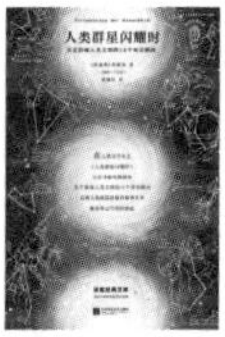

《人类群星闪耀时》

《鼠疫》

《小王子三部曲》

《局外人》

《月亮与六便士》

《基督山伯爵》

《罗生门》

读客三个圈经典文库

精神成长树

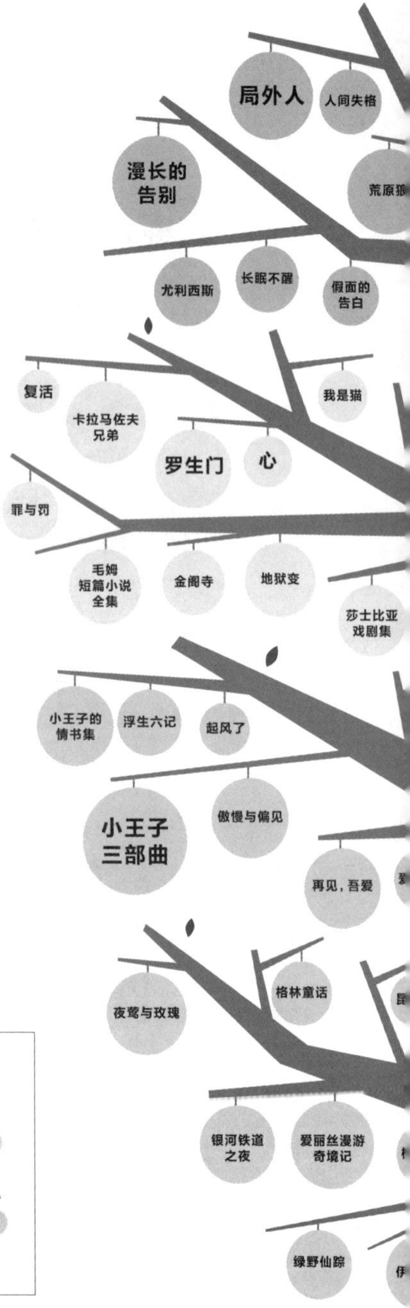

你想成为什么样的人？
对你来说什么是重要的？
这个世界应该是什么样子？

我们在生命中遇到的问题，每个时空的人都经历过，一些伟大的人留下一些伟大作品，流传下来，就成了经典。正是这些经典，共同塑造并丰富着人类的精神世界。

我们重新梳理了浩若烟海的文学经典，为您制作了精神成长树。跟随读客三个圈经典文库，汲取大师与巨匠淬炼的精神力量，完成你自己的精神成长！

树干：

不同的精神成长主题，您可以挑选任意感兴趣的主题进行深入阅读

例如：
寻找人生意义
探索自己的内心
拥有强大意志力
理解复杂的人性
…………

枝丫上的果实：

我们为您精选的经典文学作品

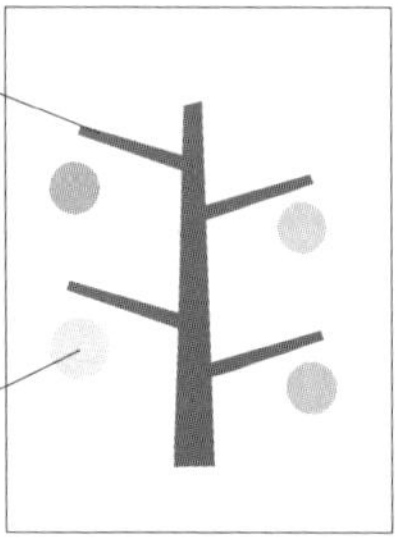

精神成长树示意图

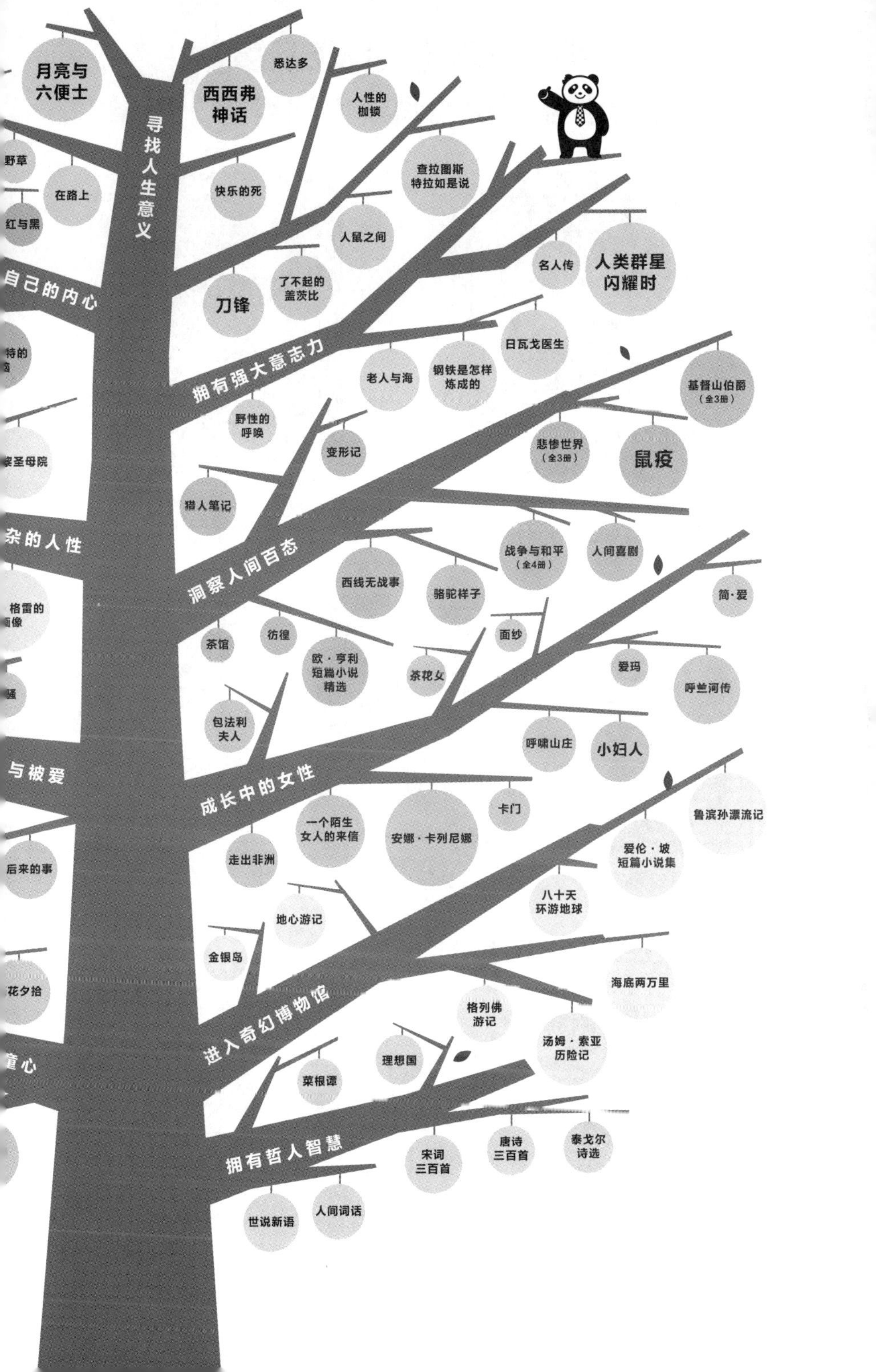
月亮与六便士
寻找人生意义
西西弗神话
悉达多
人性的枷锁
野草
在路上
快乐的死
查拉图斯特拉如是说
红与黑
人鼠之间
名人传
人类群星闪耀时
自己的内心
刀锋
了不起的盖茨比
日瓦戈医生
拥有强大意志力
老人与海
钢铁是怎样炼成的
基督山伯爵（全3册）
野性的呼唤
变形记
悲惨世界（全3册）
鼠疫
猎人笔记
杂的人性
洞察人间百态
战争与和平（全4册）
人间喜剧
西线无战事
骆驼祥子
简·爱
茶馆
彷徨
欧·亨利短篇小说精选
面纱
茶花女
爱玛
呼兰河传
包法利夫人
呼啸山庄
小妇人
与被爱
成长中的女性
一个陌生女人的来信
安娜·卡列尼娜
卡门
鲁滨孙漂流记
走出非洲
后来的事
爱伦·坡短篇小说集
八十天环游地球
地心游记
金银岛
海底两万里
花夕拾
进入奇幻博物馆
格列佛游记
汤姆·索亚历险记
理想国
童心
菜根谭
拥有哲人智慧
宋词三百首
唐诗三百首
泰戈尔诗选
世说新语
人间词话

如果你喜欢《西线无战事》
你可能也会喜欢“洞察人间百态”书单

《鼠疫》

文库编号：080

《基督山伯爵》

文库编号：012

《西线无战事》

文库编号：162

《战争与和平》

文库编号：060

《悲惨世界》

文库编号：037

《骆驼祥子》

文库编号：159

《欧·亨利短篇小说精选》

文库编号：090

《变形记》

文库编号：102

激发个人成长

多年以来，千千万万有经验的读者，都会定期查看熊猫君家的最新书目，挑选满足自己成长需求的新书。

读客图书以“激发个人成长”为使命，在以下三个方面为您精选优质图书：

1. 精神成长

熊猫君家精彩绝伦的小说文库和人文类图书，帮助你成为永远充满梦想、勇气和爱的人！

2. 知识结构成长

熊猫君家的历史类、社科类图书，帮助你了解从宇宙诞生、文明演变直至今日世界之形成的方方面面。

3. 工作技能成长

熊猫君家的经管类、家教类图书，指引你更好地工作、更有效率地生活，减少人生中的烦恼。

每一本读客图书都轻松好读，精彩绝伦，充满无穷阅读乐趣！

认准读客熊猫

读客所有图书，在书脊、腰封、封底和前后勒口都有“读客熊猫”标志。

两步帮你快速找到读客图书

1. 找读客熊猫

2. 找黑白格子